變色熊

關景峰◎文　阿wi◎圖

自序◎關景峰

他們都是我們的朋友

大概是在前幾年，在看「紀實頻道」的電視節目時，我得知：北極熊是可以被「有限度」的獵殺的，原本以為，這白色的胖乎乎大熊，早就被保護起來了，所以當時就感到很震驚，不知道這些胖傢伙這些年來是怎麼活過來的。

於是，有了一個想法——寫一本書，這個事情應該有更多的人知道，目的也簡單，保護北極熊。

於是，有了這樣一個故事，一隻名叫邁爾斯的北極熊得知北美棕熊由於數量少於自己的種群，被列入不許捕殺的國際公約。有一天，邁爾斯在山豬朋友特德的幫助下得到了棕色的染料，他將自己和所有夥伴全部染成棕色，冒充北美棕熊，指望著依靠這樣一身皮毛能「縱橫北極」，但是即使這樣，他們就能逃過人類的槍口嗎？

這本書是寫給孩子們的，我相信，每一個讀了這本書的孩子，都會把北極熊當作我們的朋友，我們都共同生活在這個星球上，保護動物，也是在保護我們自己。就在寫這本書、這段序的時候，一個動物保護口號始終環繞

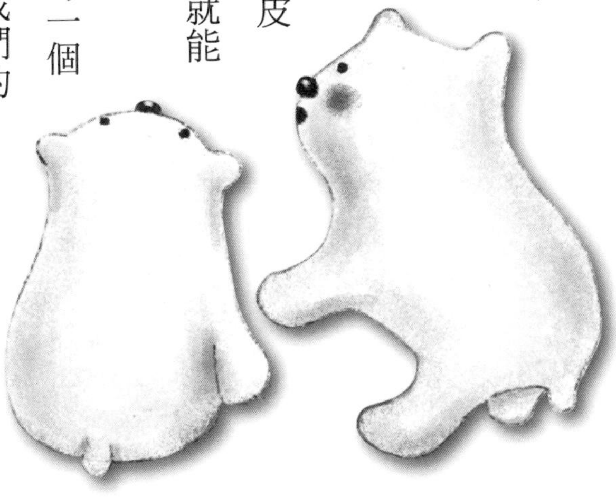

在我耳邊——**沒有買賣就沒有殺害**。相信現在的小讀者們長大之後，對這句話會有更深的認識，不僅僅是有著漂亮皮毛的北極熊，大象、犀牛……他們都是我們的朋友。

這是一本童話書，這裡面有緊張的情節，也有溫馨的段落，故事是起起伏伏的，我一直將設置奇妙的情節、精采的故事作為自己的創作原則，而能將一個道理貫穿在整個故事裡，如果你讀懂了，那麼我的目的也就達到了。童話寫作確實不容易，你可以輕易的讓一隻小鳥開口說話，一隻小豬背著書包去上學，但是能否讓讀者置身其中，感覺這就是身邊發生的事，是極難的。這些年來的努力，大概讓我得到了一些技巧和技法上的感

知，但始終覺得最難的還是故事情節的架構，我會不斷努力，而讀者的支持無疑是我前進的最大動力。

一年多前，《幼獅少年》長篇連載這個童話故事，現在，這個故事又出版成書，我非常高興。感謝幼獅公司的諸位編輯，因著你們的努力，使得這本書得以出版，感謝各位讀者，這本書是寫給你們的，寫給我的，也是寫給我們的動物朋友的。

不知怎的，我的思緒此時飛到了遙遠的北極冰面之上，一隻北極熊懶洋洋地趴在冰面之上，不遠處，他的幾個夥伴在嬉戲、打鬧……

目錄

1 跳浮冰的北極熊

溼冷的空氣籠罩在藍灰色的海面上，在空氣和海面之間，隔著一大片的浮冰，白色的浮冰形成了冰蓋，非常厚，也有一些碎裂的小浮冰，漫無目的的在海面上飄來飄去。

一塊斷裂開來的浮冰上，有個白呼呼的東西忽然一躍而起，他成功的跳到另外一塊浮冰上，這是一隻年齡不大、身體強壯而靈活的北極熊。

「……第十九塊……」北極熊站在剛剛躍上的冰蓋上，眼睛望著前面的一塊浮冰，隨後縱身一躍，一下就跳到了那塊浮冰上，北極熊非常得意，他晃晃腦袋，「第二十塊……」

北極熊站在已被征服的浮冰上，開始尋找下一個目標。他的前方，一塊浮冰靜靜的浮在水面上，北極熊馬上就鎖定了目標，隨後向前跑了兩步，用力一躍。

「二十一……」北極熊跳到那塊浮冰上，他有些得意，開

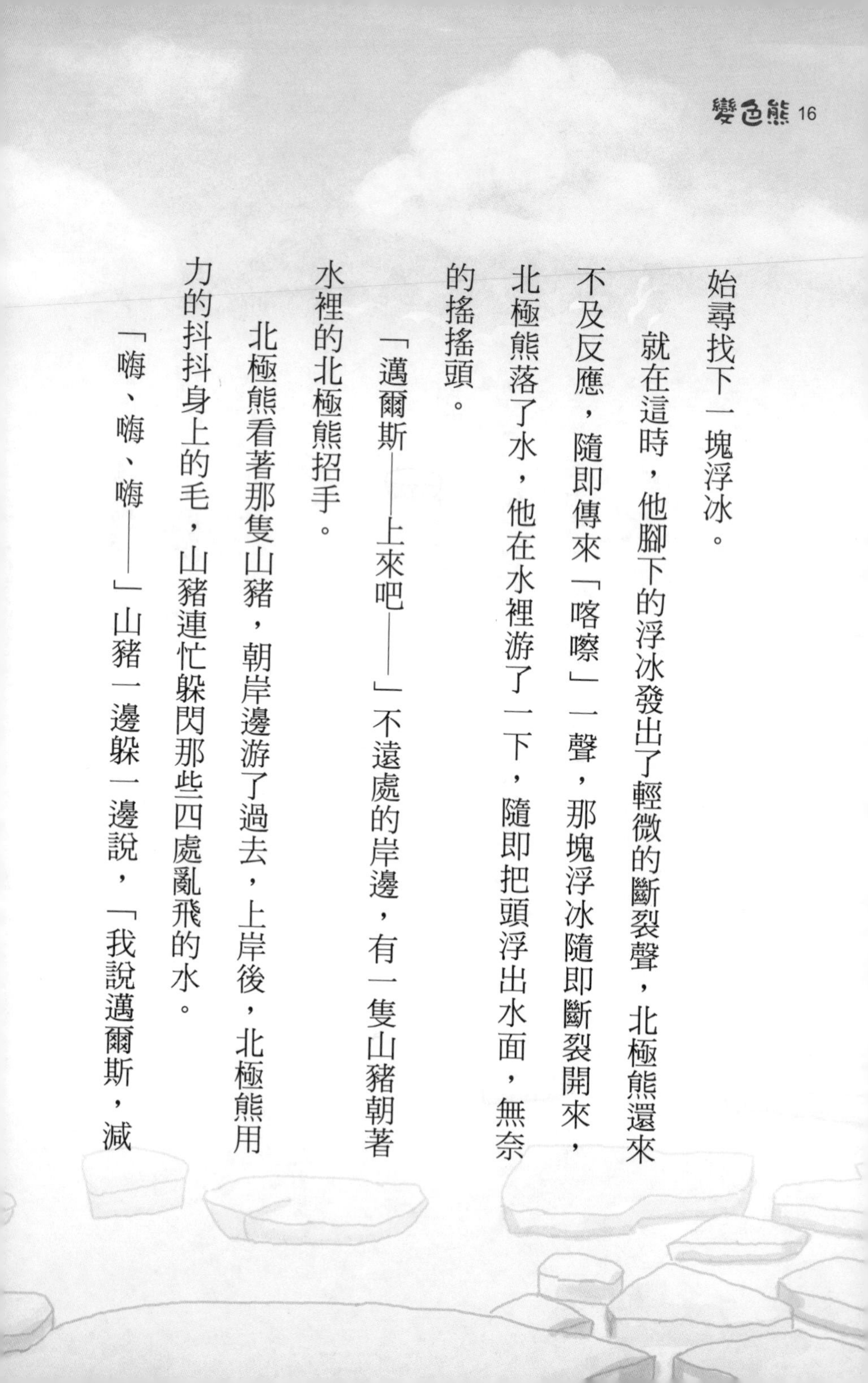

始尋找下一塊浮冰。

就在這時，他腳下的浮冰發出了輕微的斷裂聲，北極熊還來不及反應，隨即傳來「喀嚓」一聲，那塊浮冰隨即斷裂開來，北極熊落了水，他在水裡游了一下，隨即把頭浮出水面，無奈的搖搖頭。

「邁爾斯——上來吧——」不遠處的岸邊，有一隻山豬朝著水裡的北極熊招手。

北極熊看著那隻山豬，朝岸邊游了過去，上岸後，北極熊用力的抖抖身上的毛，山豬連忙躲閃那些四處亂飛的水。

「嗨、嗨、嗨——」山豬一邊躲一邊說，「我說邁爾斯，減肥的辦法有很多，比如說你可以把食物省下來給我吃，不用總是跳浮冰……」

「我這不是減肥，我要打破記錄，我最多連跳了三十塊浮冰……」一名叫邁爾斯的北極熊說。

「這有什麼意義？」山豬比畫著，「奧運會又沒有這個比賽項目，你真該做些有意義的事情，比如說去……睡覺……」

「喔，特德，我都睡了好幾個月了。」邁爾斯聳聳肩，「好幾個月！這你知道的。」

「對了，我都忘了，你剛剛冬眠完。」山豬特德眉毛揚了一下，「嗨，我說，你冬眠的時候不吃不喝，那總要想些什麼

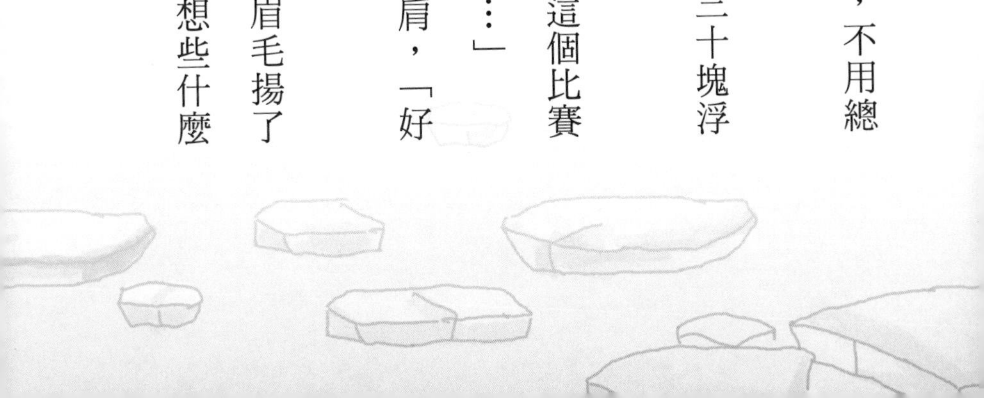

吧？你會不會想我？」

「我真沒有想你。」邁爾斯很遺憾的說，他微微一笑，「我知道說實話會傷你的心的……」

「算了吧，我才不傷心呢。」特德揚了揚腦袋，「我知道你不會想我的，不過你有沒有想蒂娜？不要告訴我你沒有想，我告訴你吧，蒂娜說她冬眠的時候可是想著你的，剛才我碰到她了，棕熊們都在樹林邊呢……」

「真的？」邁爾斯顯得很激動，「蒂娜在冬眠的時候都想著我的？」

「看你那樣子。」特德用嘲笑的語氣說，「蒂娜想的是

『喔，明年一覺醒來不要看見那個邁爾斯就好了』，她其實是這麼說的。」

「是嗎？」邁爾斯的臉有些紅了，他試圖掩飾自己的尷尬，「看來她還在生我的氣。是，我以前是總捉弄她，不過那都是小時候的事了……」

「你的口氣倒是輕鬆。」特德揮揮手，「要是有誰在睡覺的時候把我的尾巴用繩子綁在樹上，要是有誰在我經過的地方挖陷阱害我掉進去，要是……」

「夠了。」邁爾斯打斷特德的話，轉身向岸邊的樹林方向走去，「誰都有幼稚的時候，特德，難道你以前就沒有捉弄過同伴……」

邁爾斯和特德一起往森林方向走去，森林在距離岸邊一公里遠的地方。邁爾斯住的地方是加拿大西北地區的斯坦頓，這兒面向北冰洋，地域廣闊。

現在，已經是四月份了，北極熊們紛紛結束冬眠，從各自的洞中爬出。特德當然不是北極熊，他是一隻來自阿拉斯加的山豬，也是邁爾斯的好朋友，特德很喜歡和北極熊們待在一起，自稱「北極豬」。

在森林和海岸邊的中間地帶上，十幾隻北極熊懶洋洋的躺在雪地上，北極地區那柔弱的陽光鋪灑在雪地上，雪地表面顯現

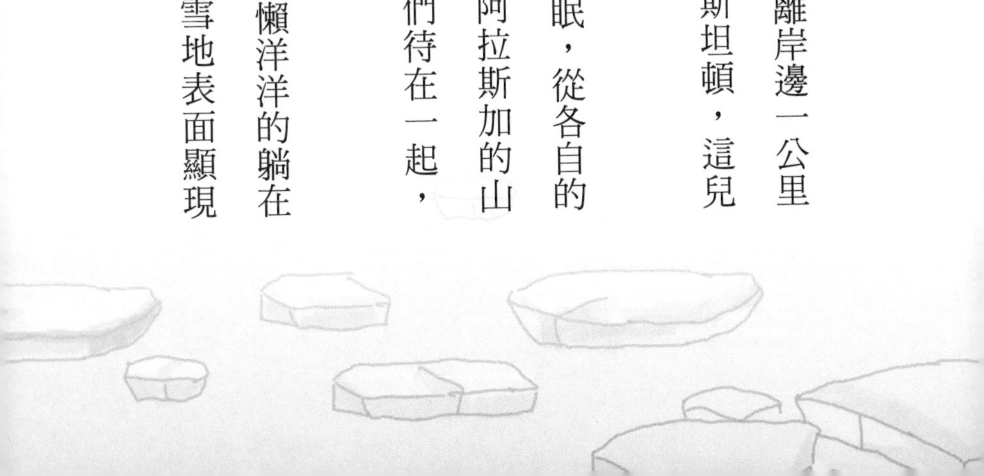

出一種淡淡的金黃色。

「邁爾斯叔叔，你去哪裡了？」一隻小北極熊看見走過來的邁爾斯，連忙迎了上來。

「去跳浮冰。」邁爾斯說。

「啊？跳浮冰？你為什麼不帶我們去？」另一隻小北極熊也跑過來，不禁抱怨起來。

「雪麗，戴爾，你們還太小，再長大一些，我一定帶你們去。」邁爾斯說著摸摸兩隻小熊的頭。

「前些天你也這麼說的，我們已經長大很多了。」戴爾站起來走了兩步，「看看，我比前幾天高了很多。」

「我更胖了一些呢。」雪麗跟著說。

「雪麗、戴爾。」一隻身材高大的北極熊走了過來，她叫蘇珊，也是雪麗和戴爾的媽媽，「不要纏著邁爾斯叔叔了，現在你們還不可以去海裡的。」

「喔，都不讓我們去。」雪麗叫了起來，她看到了跟在邁爾斯身後的特德。「特德叔叔，你帶我們去，好嗎？」

「我？」特德瞪大眼睛，「我說，有沒有搞錯？我是北極豬，不是北極熊，我不太喜歡水的，我們不同種啦，哎，跟你們說你們也不明白。」

大家一起走向那群懶洋洋、躺在雪地上的北極熊，一隻北極

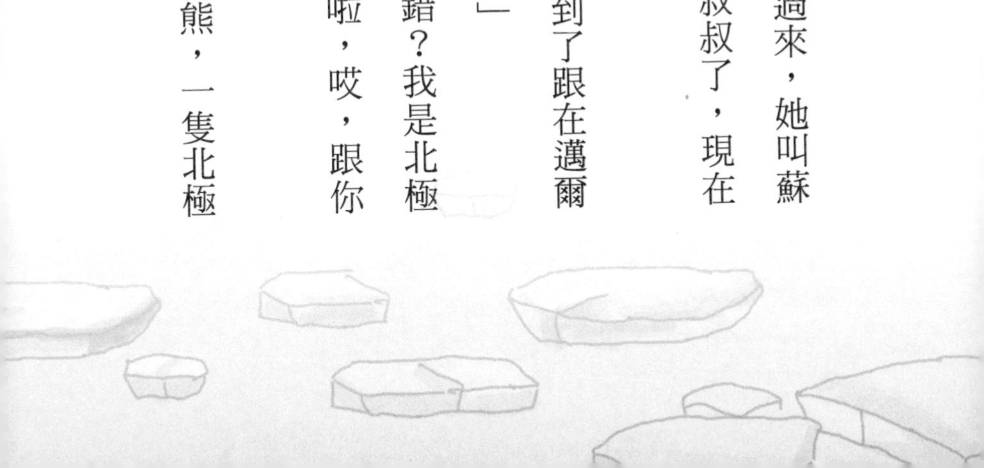

熊看見特德，連忙打招呼，特德也招招手。

「噢，特德，你還是真喜歡和我們這些熊在一起呀。」蘇珊笑著對特德說。

「那當然，我是北極豬，你們是北極熊，我們是……遠親……」

「虧你想的出來。」蘇珊又笑了，「剛才還說是不同種，難道，你沒有山豬朋友嗎？」

「在阿拉斯加的時候有。」特德有些惆悵的說，「到了這裡，還沒有遇到過山豬，不過有你們，我喜歡和你們這些大塊頭在一起。」

「阿拉斯加在哪裡？遠嗎？」雪麗問。

「在美國，也不算太遠。」特德說。

「那你為什麼不回去呢？」戴爾問。

「我不回去。」特德連忙搖搖頭，「那裡有很多獵人，我就是被幾個獵人追，逃出了阿拉斯加山脈。我迷了路，走呀走的，就到了你們這裡，你們這還不錯，獵人不多……」

「還是有獵人的。」邁爾斯趴在雪地上，插話道，「去年就有幾個，還好我們跑得快。」

「比我們那裡少多了。」特德說，「一到夏

季，那些獵人都進山了，全是衝著我們山豬來的，好像生來和我們有仇一樣。」

正說著，森林那邊走過來一隻高大的北美棕熊，棕熊的毛是棕褐色的，北極熊的毛是白色的，這非常好區別。特德看到那隻棕熊，連忙招招手。

「嗨，克拉克——蒂娜在嗎？我們這裡有個漂亮的小伙子很想見見她。」特德笑著推推邁爾斯。

邁爾斯很不好意思，他連忙撥開特德的手。特德不僅和斯坦頓這邊的北極熊熟識，和北美棕熊也處得不錯。

「蒂娜在看電視。」名叫克拉克的大棕熊是森林那邊那夥棕熊的首領，「要不要過來一起看呀？」

「算了吧。」特德往森林那邊望了望，隱約看到一群棕熊的身影，「蒂娜看的肯定是無聊的連續劇，要是北美冰球聯賽還可以看看。」

忽然，他瞄到了身邊懶洋洋的邁爾斯，連忙拍拍邁爾斯。

「嗨，邁爾斯，你可以去看電視呀。」特

德說，「棕熊們撿了一台使用電池的電視機，能看很多台的，你去看看呀。」

「無聊的電視劇我也不感興趣。」邁爾斯一動不動。

「誰讓你對電視劇感興趣呀？」特德用力去拉邁爾斯，可他哪裡拉得動邁爾斯，「你不是喜歡蒂娜嗎？這是個機會，你去和她一起看電視。」

邁爾斯臉都紅了，他怎麼也不肯去看電視，特德和邁爾斯打鬧起來。雪地上其他的北極熊大都還在躺著，有幾隻也開始嬉戲了，雪麗和戴爾這兩個小不點在媽媽的身邊玩得很開心，不遠處，他們的爸爸——也是這群北極熊的首領哈恩正在和大棕熊克拉克談論著什麼，這個區域的棕熊和北極熊相處得很好，有什麼事大家都會商量。

「哈恩——哈恩——」一個聲音傳來，只見森林那邊急匆匆的跑過來一隻棕熊，聽上去他的聲音充滿恐懼。

「什麼事？喬治——」看到自己的手下跑來，正在和哈恩談話的克拉克大聲的問。

「快跑，我看見獵人了——」喬治飛快的跑到哈恩和克拉克身邊，「快，快，我剛才在樹林裡玩，看見兩個背著槍的傢伙，一定是獵人！他們正向這邊走來。」

「啊？正想說這件事呢，蒂娜說她昨天似乎看到了獵人。」

克拉克很緊張。

「謝謝你，喬治。」哈恩說完連忙跑到北極熊們的身邊，他的夥伴們已經意識到什麼，雪麗和戴爾也都躲到媽媽身邊，

「棕熊發現了獵人，大家快點離開這裡，跟我來——」

說著，哈恩就領著大家往海邊跑去。克拉克和喬治兩隻棕熊則向森林那邊跑去。

「啊，他們去迎擊獵人了嗎？」戴爾看著兩隻向森林跑去的棕熊，大吃一驚。

「快走吧，孩子。」蘇珊連忙拉了戴爾一把。

2 附錄1和附錄2

北極熊們到了海岸邊，他們沒有下海，而是沿著海岸向東奔逃，跑了近半個小時，他們來到海岸邊一處地勢較高的丘陵地帶，哈恩把大家帶到丘陵背面，跑累了的北極熊們全都氣喘吁吁的躺在雪地上。

「蓋伊，你來放哨。」哈恩對一隻耳朵有著耳環一樣的東西的北極熊說，「發現獵人馬上報告。」

「是。」

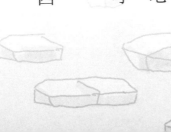

北極熊蓋伊把頭悄悄探出丘陵，觀察著四周，丘陵外的地勢一覽無遺，要是有獵人出現，他馬上就能發現。蓋伊去年被一架直升機上的人射中後昏迷過去，醒來後發現耳朵上多了一個圓環，因此被同伴們嘲笑了他好長一段時間，有時候大家也稱他「耳環蓋伊」。

「累死我了。」邁爾斯躺在地上，不停的大口喘氣。

「雪麗、戴爾，你們還好吧？」蘇珊關切的問兩個孩子。

「我已經跑不動了。」雪麗一直趴在地上，說話的聲音都小了很多。

「下次我要騎在你身上跑。」戴爾對趴在他身邊的特德說。

「你饒了我吧……」特德有氣無力的說。

「特德，連逃跑你都跟我們在一起。」蘇珊看看特德，「我真怕你跟不上我們。」

「我跟得上你們的。」特德說著無奈的聳聳肩，「有什麼辦法？我也不受保護，只能跟你們一起跑了，我的毛雖然是棕色的，可是我的樣子和你們不一樣……」

「我的朋友。」邁爾斯在一邊笑了起來，「白長了一身棕色的毛，還不如長在我身上……」

「媽媽，他們在說什麼？」雪麗問道，「什麼『棕色的毛』？我聽不懂……」

「是呀，媽媽，為什麼我們要逃跑？」戴爾跟著問，「我看見那些棕熊就沒有跑，克拉克伯伯好像還往獵人那邊跑呢，獵人不打他們嗎？」

「還不是因為我們在『附錄2』，棕熊們可是『附錄1』。」邁爾斯沒好氣的說。

「什麼『附錄』？」雪麗連忙問，「我不懂……」

「華盛頓公約。」蘇珊解釋道，「也叫『瀕臨絕種野生動植物國際貿易公約』，因為是在華盛頓簽署的，所以也叫華盛頓公約。這個公約主要是管制野生動植物的國際貿易，公約有三個附錄，入選附錄1的野生動植物明確禁止進行國際貿易，也就是說入選動物不能捕殺，附錄2的動植物受到國際管制交易，但沒有禁止，就是說有捕殺額度，附錄3的動植物各國根據需要，也就是各國自己看著辦，隨便捕殺……」

「獵人對我們感興趣，是因為他們要拿我們的毛皮去換錢。」邁爾斯補充道，「明白嗎，這就是他們的國際貿易。是否被禁止獵殺是由數量決定的，我們的數量有將近三萬隻，被列入了附錄2，北美棕熊數量只有一萬隻，要滅絕了，所以被列入了附錄1，這樣獵人獵殺棕熊就違法了。克拉克他們不用逃跑，獵人是不會獵殺他們的，我想他們是去搬走那台電視機的，獵人要是看到棕熊們看電視，肯定會把記者喊來的……孩子們，你們懂了嗎？」

兩隻小熊寶寶茫然的點了點頭。

「嗨，我說，人類真有意思，他們怎麼知道棕熊和北極熊的數量的？」特德在一邊叫起來，「一隻隻的數嗎？邁爾斯，有什麼人走到你身邊統計數量嗎？」

「沒有，我沒有遇到過這樣的調查員。」邁爾斯說著看看蘇珊，「嗨，蘇珊，你遇到過嗎？」

蘇珊哭笑不得，她輕輕的撫摸著兩個孩子，讓他們的情緒快點穩定下來。

「其實你們很好啦，我們山豬在附錄3，明白嗎？是

『3』！」特德很不滿的叫起來，「就是說他們隨便獵殺，隨便拿我們去交易，這個該死的公約，不知道人類把自己排在附錄幾……」

「算啦，不要抱怨了。」邁爾斯勸道，「只要我們跑得快，管他什麼附錄！」

大家躲在丘陵後面，放哨的蓋伊一直盯著遠處。過了半天，沒有獵人追來，這群北極熊都放鬆下來，看來獵人不會來了。

放鬆心情的北極熊們懶洋洋的躺在雪地上，邁爾斯和另外幾個同伴跳進海裡，游來游去的。特德在岸上看著他們，水裡的北極熊都在開特德的玩笑，特德撿了一些石頭丟他們，北極熊們都笑嘻嘻的躲避著，這幅景象就像剛才什麼事都沒有發生過一樣。

「……你確定你能進附錄1？」戴爾和雪麗也無憂無慮的玩耍起來，戴爾很認真的看著雪麗。

「當然，媽媽說我最乖，我長大了一定能進附錄1的。」雪麗一本正經的說，「你最頑皮，長大以後只能進附錄100……」

「不會的，我也會進附錄1的，我最近也很乖……」

兩隻小北極熊在海岸邊童言童語的、但非常認真的討論著一個他們剛剛知道，卻似懂非懂的問題。

3 獵人與北極熊

距離這群北極熊不遠的一片雪地上，兩個端著槍的男子四下張望著，這兩個人一個是高個子，較瘦，另一個個子不高又很胖，他們的表情充滿疑惑。

「比爾，你確定這裡有北極熊嗎？」高個子看看同伴，「剛才我們只看到了棕熊。」

「肯定有，去年我在這邊打到過一隻，那張皮賣了兩萬美元，聽著，不是兩千，是兩萬，聽說今年的行情更好。」比爾的口氣不容置疑。

「可是都兩天了，一隻北極熊都沒有看見。」高個子顯得很著急，「是不是該換個地方？」

「那怎麼可能！我們的獵熊執照就是這個地區的，去其他地方還要花錢辦新執照。」比爾邊說著邊掏出望遠鏡，「我說艾德蒙，你不要著急，去年我也是找了一個多星期才發現北極熊的。」

「我怎麼不著急？辦執照花了很多錢呀。」高個子艾德蒙語速飛快，「實在找不到，就打幾隻棕熊吧，這裡的棕熊也不少，見了我們也不躲，棕熊的皮也很值錢……」

「那可不行，打棕熊是違法的，要是被發現，我們不只被吊銷執照，還會被罰很多錢，搞不好還要上法庭呢。」比爾搖著頭說，「我們只能打北極熊……不過這些傢伙好像愈來愈狡猾了，他們一定是聞到了我們的氣味，熊的嗅覺很好，比狗還好。」

「那怎麼辦？」艾德蒙顯得更著急了，「我們可不能白來一次呀。」

「那當然。」比爾狡猾的一笑，「對付那些笨熊嘛，只要我

們多動動腦筋……今天我們先回去……」

兩個傢伙又說了幾句話，隨後向森林的方向走去，從這裡走過去十多公里的地方就是斯坦頓鎮，這兩個獵人就住在鎮上，他倆不是小鎮居民，而是從幾千里外的地方專門來這裡獵熊。

4 海灣裡的北極熊

哈恩帶領著邁爾斯他們在丘陵後一直躲到了下午，看看沒什麼動靜，他們離開丘陵，沿著海岸向西走去。這次行進，邁爾斯和特德走在最前面，他們是尖兵，隨時留意可能發生的事情，不過還好，他們沒有遇到人類。邁爾斯的鼻子一直東聞西嗅的，從很遠的距離他就能聞到人類的氣味。

臨近傍晚的時候，他們來到一處小小的海灣，這裡距離斯坦頓鎮不遠。還沒有到那個小海灣，大家就聽到棕熊們的聲音，

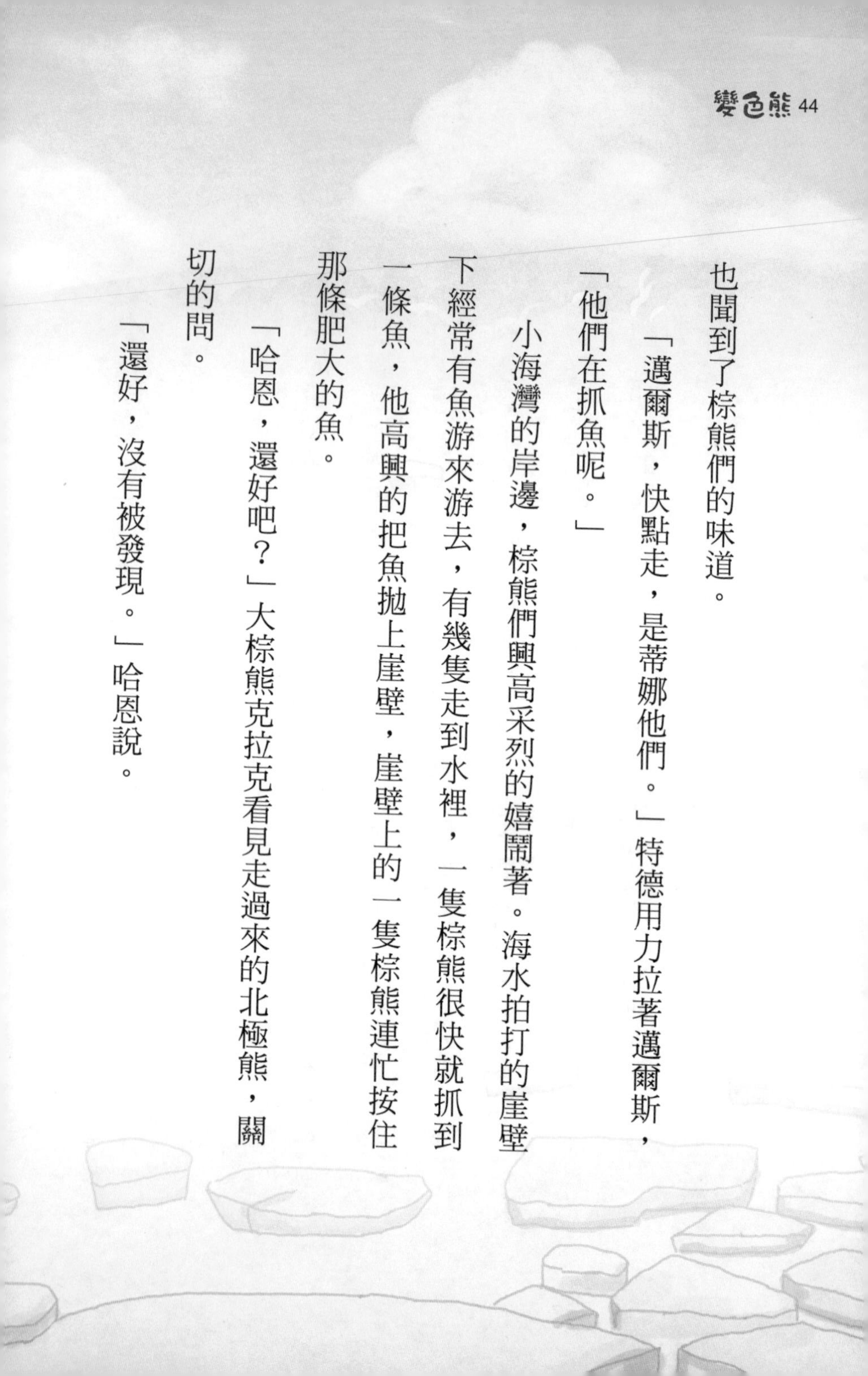

也聞到了棕熊們的味道。

「邁爾斯，快點走，是蒂娜他們。」特德用力拉著邁爾斯，「他們在抓魚呢。」

小海灣的岸邊，棕熊們興高采烈的嬉鬧著。海水拍打的崖壁下經常有魚游來游去，有幾隻走到水裡，一隻棕熊很快就抓到一條魚，他高興的把魚拋上崖壁，崖壁上的一隻棕熊連忙按住那條肥大的魚。

「哈恩，還好吧？」大棕熊克拉克看見走過來的北極熊，關切的問。

「還好，沒有被發現。」哈恩說。

「那兩個獵人好像回去了，我看到他們穿過森林，往鎮上那邊走了，蒂娜也看見了。」說著，克拉克看看正在岸邊追逐一隻螃蟹的蒂娜，「蒂娜──獵人是不是走了──」

「是的，我看見他們往鎮上那邊走了──」蒂娜抬起頭，對克拉克說。隨後又去追那螃蟹了。

兩個首領繼續聊著。特德用力把邁爾斯推到蒂娜那裡，邁爾斯站在蒂娜身邊，手足無措的。

「嘿嘿嘿……」邁爾斯先是笑笑，「蒂娜……在抓螃蟹？」

「當然，難道你不認識螃蟹嗎？」蒂娜用手擺弄著那隻螃蟹，冷冷的說。

「我認識，我是想說……我是想說……」

「我看你是想捉弄我吧？」蒂娜斜視邁爾斯一眼，「怎麼？還想把我的尾巴綁在樹上？」

「啊，那都是小時候了，我現在已經長大了……」邁爾斯連忙說道。

「蒂娜阿姨，你抓了一隻螃蟹呀。」雪麗和戴爾這時候突然跑了過來，他倆對那隻小螃蟹非常感興趣。

「是呀，給你們玩玩吧。」蒂娜看到雪麗和戴爾，馬上笑了，她很喜歡這兩隻小北極熊。

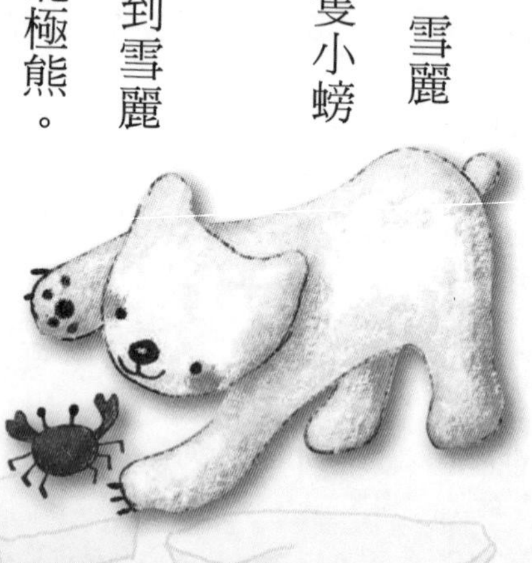

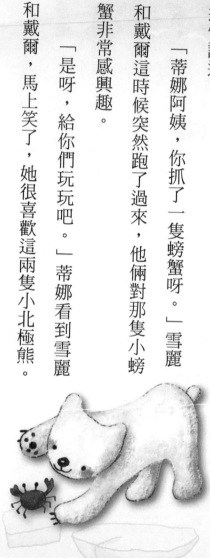

蒂娜和雪麗、戴爾一起玩了起來，他們用熊掌擋著螃蟹的去路，小螃蟹被攔住，只好到處亂跑，他們看了都開心的笑了。

邁爾斯和特德互相對視一下，都無奈的聳聳肩。

陽光斜射在這處小小的海灣旁，也照射在棕熊和北極熊們的身上，北極熊的毛在陽光映射下，散出金黃色的光芒，非常漂亮。

天黑之後，棕熊們和北極熊告別，向森林走去——他們住在那裡。北極熊們的駐地則在不遠的海岸邊，他們在那裡的雪地上挖了很多洞。至於特德，他剛來到這邊的時候也住在森林裡，自從和邁爾斯成為朋友後，他也在雪地上挖了個洞，和邁爾斯是鄰居。

夜晚的風比白天大，呼呼的風聲和海浪聲在海岸邊交替回響著，好像是大自然在奏樂。邁爾斯和特德把頭露出洞口，看著滿天星斗。

「特德，你再給我說說阿拉斯加的事。」邁爾斯一邊看著天，一邊說：「那裡和這有什麼不一樣？」

「阿拉斯加……也沒什麼……」特德想了想，「和這裡差不多，不過我住在山裡，那裡沒有大海，也不像這裡總是這麼冷……」

「你真的不想回去了嗎？」邁爾斯問。

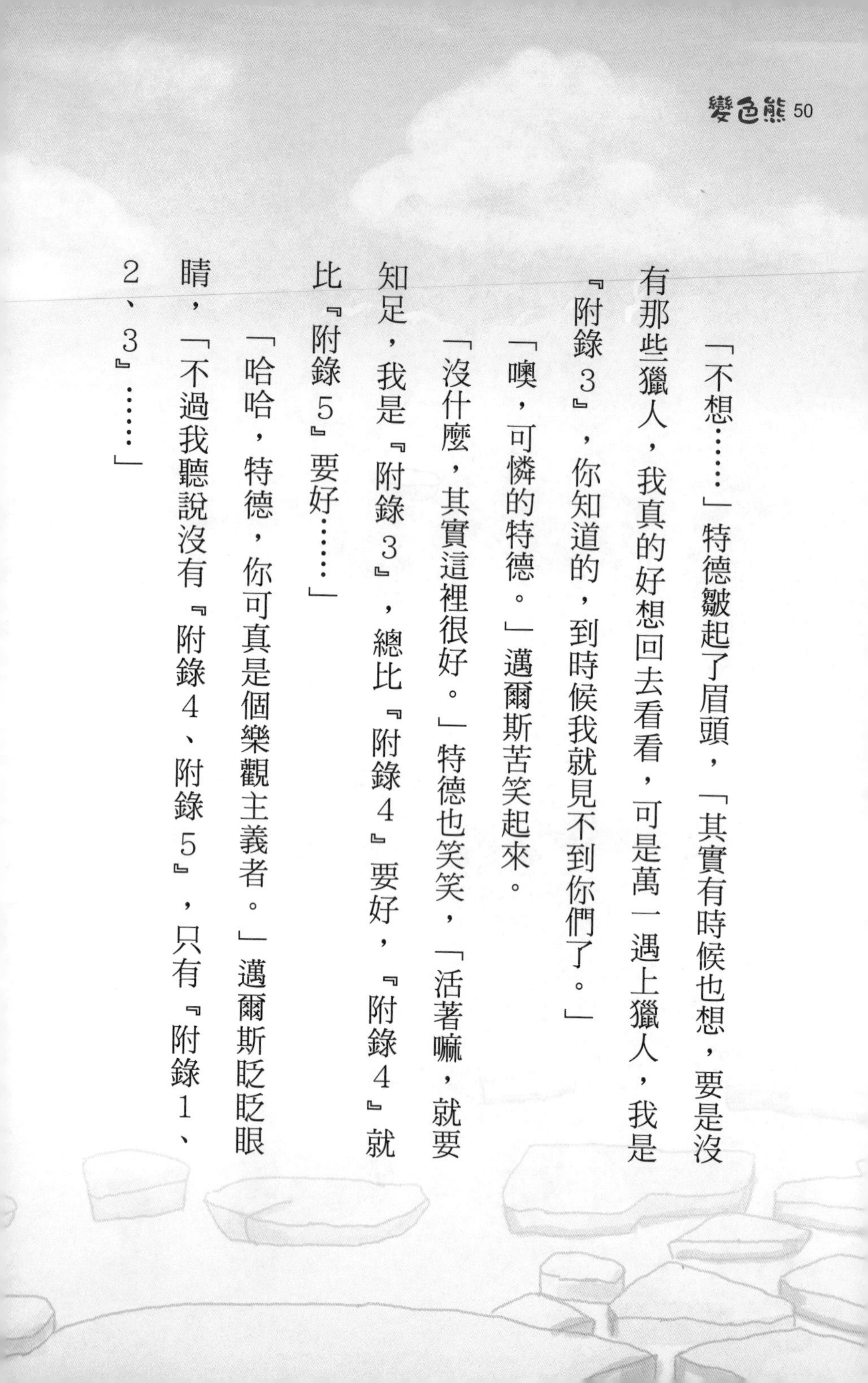

「不想……」特德皺起了眉頭，「其實有時候也想，要是沒有那些獵人，我真的好想回去看看，可是萬一遇上獵人，我是『附錄3』，你知道的，到時候我就見不到你們了。」

「噢，可憐的特德。」邁爾斯苦笑起來。

「沒什麼，其實這裡很好。」特德也笑笑，「活著嘛，就要知足，我是『附錄3』，總比『附錄4』要好，『附錄4』就比『附錄5』要好……」

「哈哈，特德，你可真是個樂觀主義者。」邁爾斯眨眨眼睛，「不過我聽說沒有『附錄4、附錄5』，只有『附錄1、2、3』……」

「隨便了。」特德聳聳肩，「人類設計的東西，愛怎麼弄就怎麼弄吧，我們要做的就是如何應對，獵人來了我們就跑，不是嗎？簡單又實用的辦法。」

「哇，你現在又像個哲學家了。」邁爾斯誇讚起來。

「這你都看出來了？」特德忽然異常興奮，「我當然很有學問了，我也算是阿拉斯加大學畢業的……」

「什麼？」邁爾斯驚叫起來，他的眼睛瞪得極大。

「不要叫，大家都睡了。」特德做了個禁聲的動作，「是這樣的，我在阿拉斯加的時候，去過離我家不遠的費爾班克斯的阿拉斯加大學，當然，我本來是去那裡的垃圾場碰碰運氣，你知道學生們經常有吃剩下的漢堡，我就在垃圾場翻呀翻的，那天正好是學生的畢業典禮，他們扔帽子，正好刮起大風，一頂博士帽掉到我的頭上，就這樣，我就變成阿拉斯加大學的畢業生了。」

「真是難以想像你戴博士帽的樣子。」邁爾斯笑了起來，他盡量壓低聲音，「當時你真應該留個影。」

「然後再和校長合個影。」特德連忙接過話。

說完，特德和邁爾斯全都開心的笑了起來。

第二天一早，邁爾斯還在睡覺，朦朦朧朧中聽到外面有誰在呼喚他，他用力睜開眼睛，並努力不讓眼皮合併起來。

「邁爾斯叔叔——起來了——」

「要去抓魚了——」

洞口外，傳來雪麗和戴爾的聲音。

「來，來了——」邁爾斯喊了一聲，隨後懶洋洋的鑽出洞。

到了洞外，邁爾斯看到所有的夥伴都已經在外面了，特德也揉著眼睛，看來他也剛剛起床。

「邁爾斯，快，我們要出發了。」哈恩安排著任務，「你今天走在隊尾，和我們保持一百米的距離，要時刻留意有沒有獵人的跟蹤，發現情況馬上發警報。」

「好的。」邁爾斯說。

北極熊們向昨天那個小海灣走去，他們的隊伍前面有尖兵，兩側有巡遊哨兵，後面有邁爾斯警戒，防範措施很好。北極熊每年一結束冬眠，那些獵人也隨之出現，當然，不是每年都有獵人前來，但這次明顯有兩個獵人出現，這是一定要嚴加防範的。

邁爾斯和特德走在隊尾，一路上邁爾斯不時的回頭張望著，特德的嗅覺也不錯，幫著探測有無人類的味道。北極熊的隊伍就在一百多米前，邁爾斯和特德既要保持不和隊伍拉開距離，又要保證隊伍的安全。

這一路平安無事，他們順利抵達那個小海灣，一隻北極熊留下放哨，其他北極熊全都來到岸邊，幾隻強壯的熊迫不及待的從不算高的海崖上跳進海裡，這裡的魚很多，不一會兒，一條條的魚就被甩了上來。

岸上的同伴抓住那些魚，雪麗和戴爾已經大吃起來。邁爾斯也跳了下去，他在海崖下自由的穿行，非常愜意的樣子。

「特德——下來呀——」蓋伊看見在站在岸邊的特德，大聲喊道。

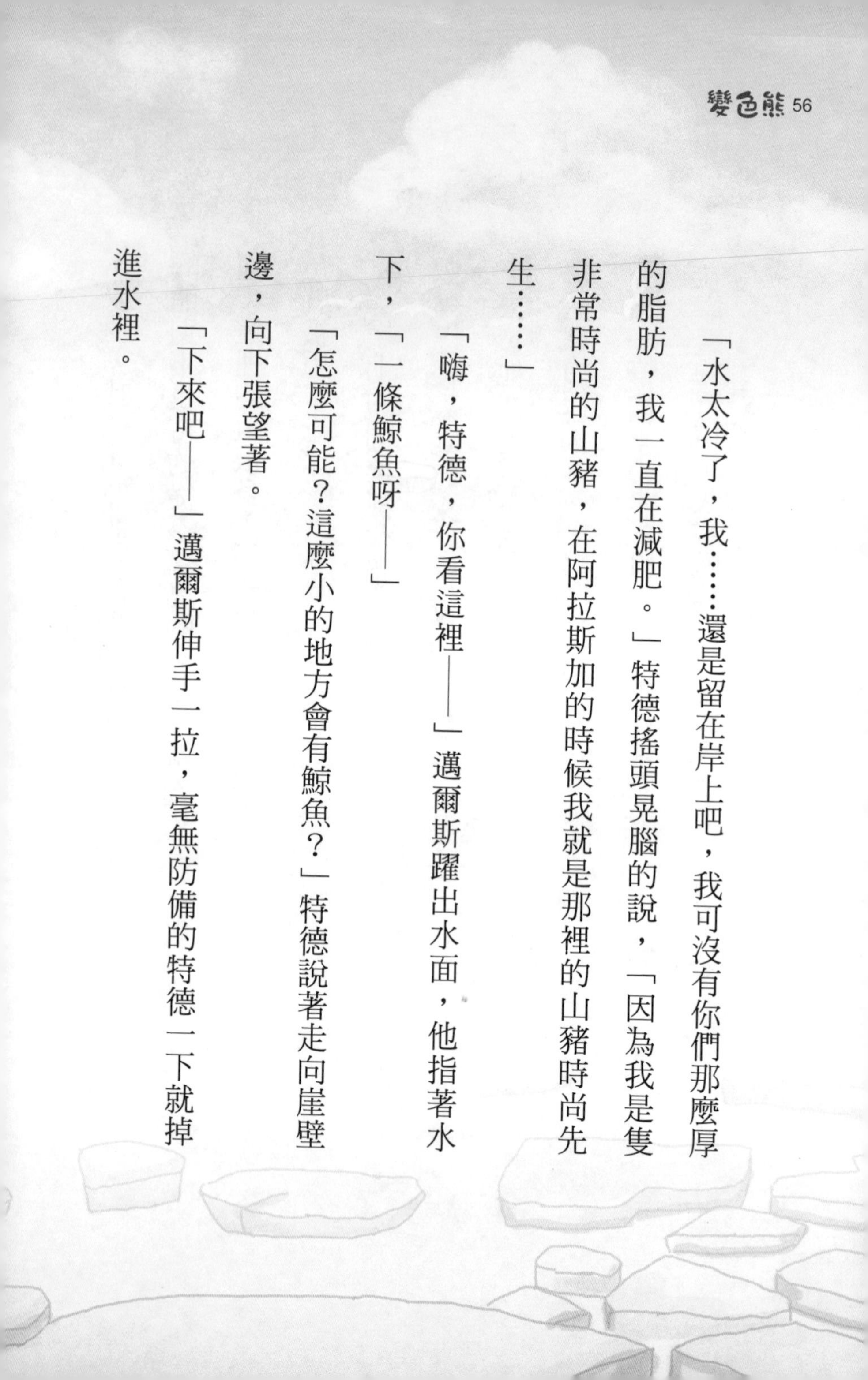

「水太冷了，我……還是留在岸上吧，我可沒有你們那麼厚的脂肪，我一直在減肥。」特德搖頭晃腦的說，「因為我是隻非常時尚的山豬，在阿拉斯加的時候我就是那裡的山豬時尚先生……」

「嗨，特德，你看這裡——」邁爾斯躍出水面，他指著水下，「一條鯨魚呀——」

「怎麼可能？這麼小的地方會有鯨魚？」特德說著走向崖壁邊，向下張望著。

「下來吧——」邁爾斯伸手一拉，毫無防備的特德一下就掉進水裡。

「轟——」，在一片笑聲中，特德從水裡浮起來，他四肢撲騰著，腦袋晃了晃，抖掉了頭上的水。

「邁爾斯，你這個傢伙！你這是一級謀殺罪！」特德叫了起來，他其實會游泳，游得還不錯呢，特德在水裡遊了幾下，放慢了速度，「嗯……還不錯，水溫合適，不算太冷……」

說著，特德往海面上游去，海邊的冰都融化了，海面上還有一些浮冰。

「特德——你去哪裡？」邁爾斯連忙喊道。

「跳浮冰。」特德頭也不回的說，「隨隨便便就超過你的記錄。」

特德游了幾十米，爬到一塊浮冰上，他抖抖身上的毛，隨後鎖定了目標，縱身一躍，跳到另外一塊浮冰上。

海岸邊，一片歡聲笑語。北極熊的生活如果沒有獵人的威脅，一直都是很愉快的。

因為沒有那麼重，特德連跳了五十塊大浮冰，輕鬆打破了邁爾斯的紀錄。等他游回到岸上的時候，邁爾斯他們早就懶洋洋的趴在岸邊的雪地上享受陽光了，四月的海岸邊，一些地方的雪已經融化了。

「邁爾斯，我連跳了五十塊浮冰。」特德一上岸就走到邁爾斯身邊。

「要不要申請吉尼斯紀錄呀？」邁爾斯笑了笑，「知道倫敦怎麼走嗎？」

「我才不要申請什麼紀錄呢。」特德說，「我只要超越你就行。」

「那就比比看，不過先讓我練習一下。」邁爾斯不甘示弱的說，他站起來向大海走去，忽然，他停下腳步，眼睛盯著身後，「棕熊們來了。」

不遠處，克拉克帶著他的那些棕熊們慢慢的走來，他們也來這裡捕魚了。

「哈哈，你的蒂娜來了。」特德連忙說，「那邊還有兩條魚沒有吃，快去送給她。」

「這……不好吧。」邁爾斯又不好意思起來，他低著頭，「那是蘇珊給孩子們的宵夜。」

「真是個大笨頭！我幫你去送！」特德著急了，他跑過去叼起來一條魚，向棕熊們跑去。

「哎——特德——不要……」邁爾斯連忙想喊住特德，特德已經跑了出去，「特德——你記得說是我親自抓給她，要給她晚上做宵夜——」

看到棕熊們來了，雪麗和戴爾也迎了上去，棕熊裡也有兩隻小熊，他們是很好的玩伴。

不一會，特德叼著那條魚跑了回來，他有些無精打采的樣子，邁爾斯見了，連忙迎了上去。

「怎麼樣？她不收？你沒說是我親自抓給她的？」

「她說要是別人送的就收了，唯獨你邁爾斯送的她不要。」

特德聳聳肩，「她說也許吃的時候，會有一個小丑從魚的肚子裡跳出來嚇她一跳……你看看，你以前都對蒂娜做了些什麼。」

「我都說了，那都是小時候的事了。」邁爾斯垂頭喪氣的說。

「沒關係，老兄。」特德拍拍邁爾斯，「看上去她對你還有

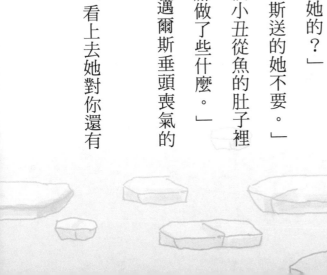

些成見，慢慢就會好的。啊，看那，蒂娜也下海了，邁爾斯，快去，幫她抓魚。」

「我……啊呀，我的腳好像有點疼，可能是受寒了。」邁爾斯往後退了兩步。

「你們那麼厚的脂肪層還會受寒？」特德哭笑不得，「邁爾斯，你說過，你喜歡蒂娜，忘記了嗎？就是前幾天。」

「我……說過嗎？」邁爾斯感到很難為情，他又後退了幾步，「嘿嘿嘿……」

棕熊們飽餐之後，和北極熊們玩了一會。哈恩和克拉克又談了談獵人的事，哈恩他們今天倒是沒有發現獵人的蹤跡。

棕熊們又在海邊玩了一會，隨後去了森林。北極熊們晚上才離開，他們離開的時候又做了些調度，邁爾斯這次做隊伍左翼的哨兵，大家平安的返回了駐地。

第二天，北極熊們又去了那個小海灣。總體來說北極熊們在這個季節的活動範圍不算大，他們的活動也總是小心翼翼的。哈恩說等天氣再暖和一些，他們會到很遠的一個海岬，那裡的食物更豐富。

連續幾天，北極熊們一直在那個小海灣裡捕魚，幸好他們沒有碰上獵人，有幾隻北極熊認為獵人找不到他們、已經去了別的地方了。

5 遇襲

又是一個晴朗的早晨，邁爾斯這天起得很早，他有些餓了，今天還是要去捕魚，哈恩也早早的起來了，看到夥伴們全都鑽出洞，哈恩整理好隊伍。

「邁爾斯，今天你來帶隊。」哈恩吩咐道。

「是。」邁爾斯連忙回答。

「一定要小心。」哈恩又叮囑道。

「沒問題。」邁爾斯說，「哈恩，都好幾天了，棕熊們也沒發現獵人，我覺得他們一定去別的地方了。」

「也許吧。」哈恩說，「不過還是要小心，去年我表弟就是疏忽大意，最後被獵人擊中了。」

「我知道。」邁爾斯點點頭，他們都知道哈恩表弟的事，他的表弟不在這個團隊，去年被獵殺了。

邁爾斯第一個出發，特德跟在他身後。邁爾斯一直記得哈恩的叮囑，眼睛不時四下張望著，鼻子也不停的嗅聞。

「好幾天了，這些傢伙一定是走了。」特德說，「加拿大這麼大，北極熊可不是斯坦頓鎮獨有的。」

「也許走了。」邁爾斯還是保持著警惕，「不過也許又有新

來的，我聽說過，人類的獵熊執照並不是只發給幾個人。」

「那倒是。」特德點點頭，「我以前住的山裡，一到夏天就有很多獵人，他們都有執照……哼，該死的執照！」

他們一邊說話，一邊向前走。他倆的身後，是哈恩帶領的北極熊團隊，他們之間保持著一定的距離。很快，北極熊們就接近目的地了。

「嗯？」邁爾斯忽然停了下來，他直立起身子，鼻子用力嗅了嗅，「特德，有股味道。」

「是有股味道。」特德也聞了聞，「還很香啊，什麼味道？」

「不知道呀。」邁爾斯說，他警惕的看看四周，「確實很香，但是很刺鼻。真怪，哪裡來的味道？好像是那邊。」說著，邁爾斯指向不遠處的一片雪地，那裡是北極熊行進路線的左側。

「的確好像是從那裡傳來的。」特德看看那邊，什麼也沒有發現，他繼續向前走去，「走吧，只要不是人類的味道，管它什麼味道呢。」

邁爾斯沒說什麼，他只是又往那裡張望了一下，那邊確實沒有任何動靜，只有一片白茫茫的雪地。

「走啦，走啦。」特德回頭對邁爾斯說，「也許是人類留下

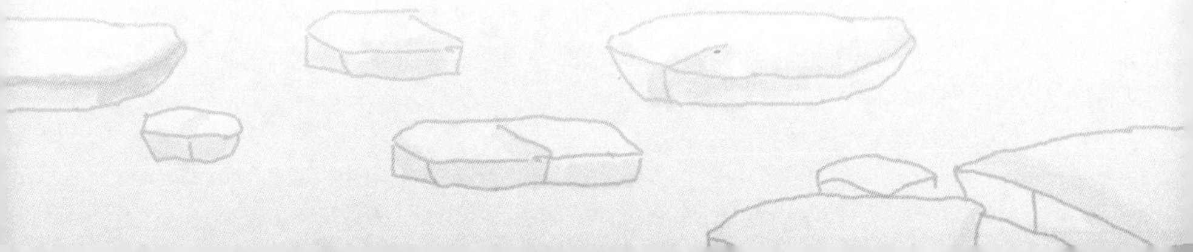

的什麼東西，反正人類就是不知道環保，什麼東西都亂丟；去年有艘船在海上漏油了，就離這裡不遠。人類呀，全球暖化就是他們害的，反正不是我們山豬弄的。」

邁爾斯不再去理會那股味道，他連忙跑了兩步，追上特德，只要不是人類的味道，他其實不必太在乎。

後方，哈恩帶領的北極熊們跟了過來。哈恩也聞到了那股味道，他警惕的站起來，四下看了看，不過沒發現任何人類存在的跡象。

邁爾斯已經聞到大海的味道，溼漉漉的空氣衝著這群北極熊橫掃過來。他加快腳步，向海邊跑去，哈恩身邊的幾隻北極熊也都加快了速度，哈恩連忙吩咐大家慢點。

就在這時，距離哈恩不到五十米的地方，一塊木板突然從雪地上翻起，一個人類從木板下的洞中站了起來，他端著獵槍，槍口對準距離自己最近的一隻北極熊。

「啊？」那隻年輕的北極熊當場愣住了，他直直的看著那個舉著槍的人，一股濃烈的香水味道從那人的身上傳來。

「小心——」哈恩猛撲過去，想把年輕的北極熊撲倒。

「啪──」的一聲槍響，獵人叩下扳機，一發子彈直射過來。

「啊呀──」哈恩叫了一聲，他撲倒了那隻北極熊的時候，肩膀上血肉飛起，他被擊中了。

「哈恩──」蘇珊叫了起來，連忙跑過去。

「帶著孩子們走──」哈恩推了一下那隻仍然手足無措的年輕北極熊，他的傷勢不算重。

北極熊們掉頭就跑，「啪──」的一聲，又一發子彈射來，子彈擦過那隻年輕北極熊的身子飛了過去。

北極熊們全都慌了手腳，第一聲槍響過，他們就四處亂跑，有些原路返回，有兩隻則向內陸深處奔逃。

「嘩——」的一聲，雪地上又有一塊木板被掀開，另一個端著槍的獵人從洞裡跳了起來，看到兩隻迎面跑來的北極熊，他顯得非常興奮。

「打這隻？」那人舉著槍，瞄準一隻北極熊，不過他覺得被鎖定的北極熊移動得太快，於是把槍對準了另外一隻，他過於激動，不知道該打哪一隻了，「打這隻？」

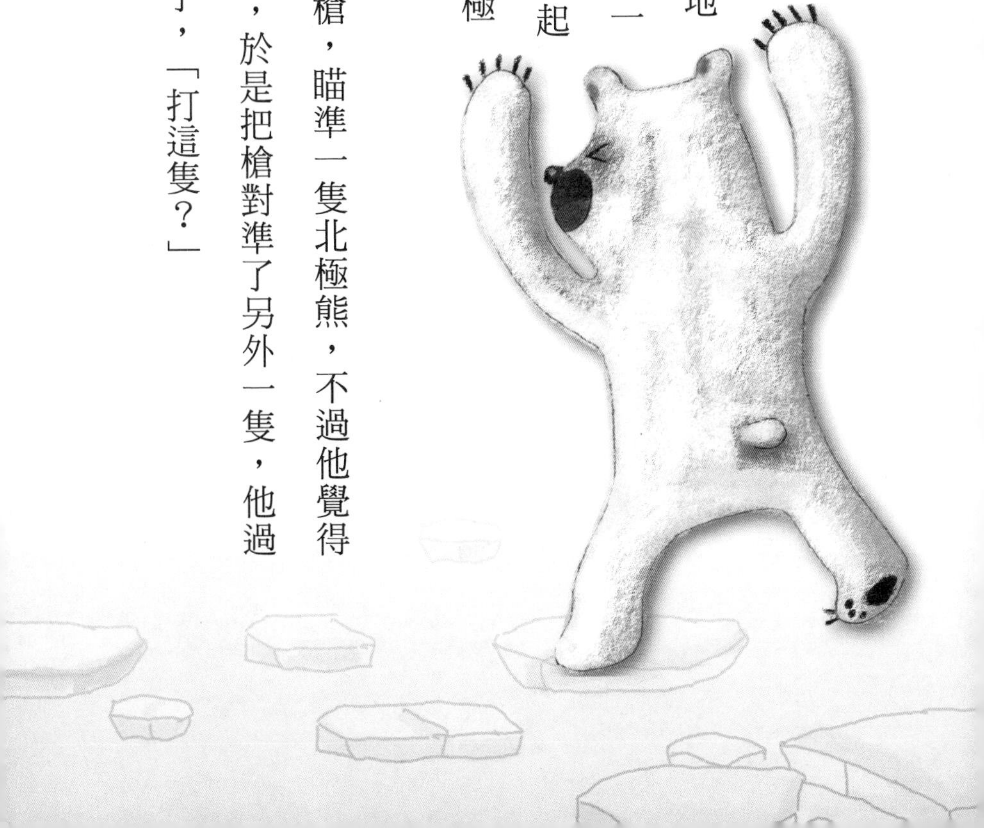

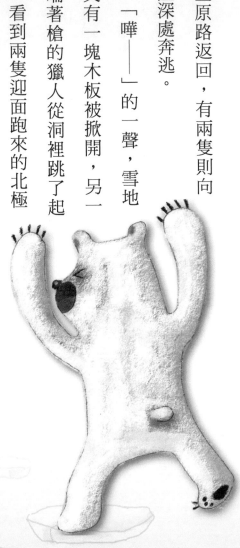

「啪——」的一槍，那隻他也沒有打中，兩隻北極熊看見有獵人攔截，轉身就逃。那獵人懊惱的喊叫起來。

聽到槍聲的邁爾斯和特德已經快到海邊了，他們回頭看到有個獵人站在雪地上，正在向哈恩他們開槍，兩隻小北極熊雪麗和戴爾夾在大家中間慌忙奔逃，雪地上則有紅紅的鮮血。邁爾斯突然覺得自己失職了，他一下子就暴怒起來，怪叫著朝那個獵人撲過去。

「邁爾斯——」特德叫了一聲，「那人有槍——」

邁爾斯顧不上這麼多了，他直撲過去，要和獵人拚命。那個獵人正在向哈恩他們開槍，幾乎沒有察覺邁爾斯撲了上來。

「哇——拚了——」特德沒有叫住邁爾斯，索性也撲了過去，他長長的獠牙對準那個獵人，想把那獵人頂飛。

邁爾斯瞬間衝到那獵人的身後，只要縱身一躍，他就能撲倒正向哈恩他們射擊的獵人，邁爾斯張開了他那粗壯的手臂。

「啪——」的一聲，一發子彈射來，邁爾斯的腰部頓時一顫，子彈劃破了邁爾斯的皮膚，飛了過去，鮮血隨即流了下來。

「笨蛋——艾德蒙——為什麼朝我開槍——」不知情的獵人朝開槍的獵人揮舞著手裡的槍，大罵起來，他就是那個叫比爾的獵人，忽然，他意識到什麼，回頭一看，只見一隻北極熊捂著腰，一隻山豬則朝自己猛衝過來，「啊——救命——」

「啪——」的又一槍，艾德蒙射出的子彈打在特德面前的雪地上，雪塊和石子飛濺起來，特德連忙來了一個急停。

艾德蒙看見自己的同夥只顧著向北極熊射擊，沒有發現背後襲來的北極熊和山豬，連忙開槍相救。特德發現自己和邁爾斯攻擊的獵人有人幫助，連忙拉了邁爾斯一把。

「邁爾斯，快撤——」

邁爾斯可不是傻瓜，他知道獵槍的威力，和特德慌忙向海

邊奔逃。叫比爾的獵人從驚恐中恢復過來，急忙舉起槍，慌張的對著逃跑的邁爾斯和特德開了一槍，不過沒有射中。

特德和邁爾斯一起奔向海邊，到了海邊，邁爾斯顧不得身上的傷痛，飛奔著躍進大海，潛泳前進了近百米才將頭浮出水面，他轉身一看，特德正在游來，幸好那兩個獵人並沒有追上來。

「特德——快——」邁爾斯高聲喊道。

特德很快游了過來，他們爬上一塊距離岸邊有兩百米的浮冰，沿著浮冰向海面上走去。

6 狡猾的獵人

岸邊的雪地上，沒有一隻北極熊被射殺，只有幾處北極熊留下的鮮血。比爾和艾德蒙站在雪地上，氣急敗壞。

「你這笨蛋，怎麼一隻都沒有打中！」比爾指著艾德蒙的鼻子叫道，「我的主意多好，出其不意，白等了一個晚上，差點把我凍死……」

「你這超級笨蛋！」艾德蒙很不高興，「你不也一隻沒有打中嗎？我還救了你呢，你就這樣對待救命恩人嗎？」

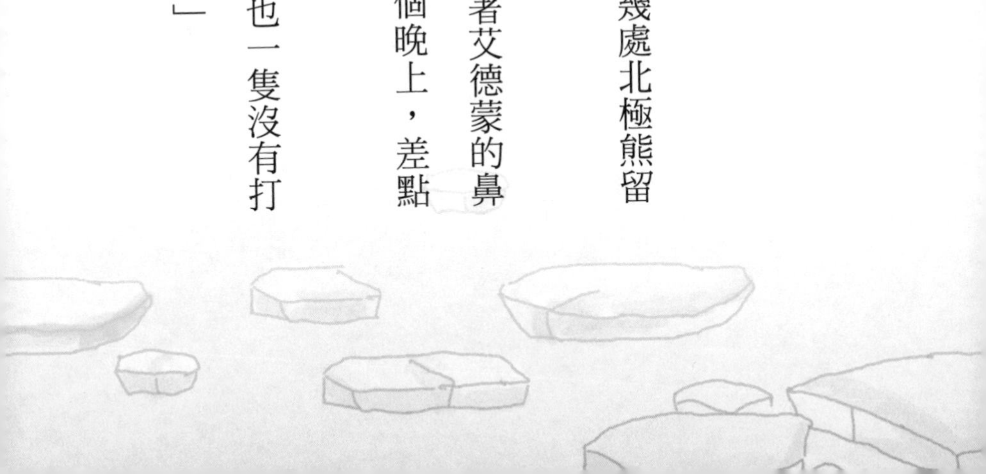

「我……」比爾一時語塞，艾德蒙剛才確實救了他，「我……要是有熊偷襲你，我也會救你的。」

「那又怎麼樣？現在是我救了你！」艾德蒙理直氣壯，「如果北極熊先給你一掌，山豬再撞你一下，你又不是變形金剛，你說你受得了嗎？」

「我……」比爾眨眨眼睛，「我說艾德蒙，我們來這裡獵熊，就是要互相幫助。救來救去的，好像反倒是變成熊的獵物一樣……不管怎麼說，反正我這個主意不錯吧？你想不出來吧？」

「哼。」艾德蒙揚起腦袋，「五五分帳！」

「什麼？你說什麼？」

「我說打到熊賣了錢，不再三七分帳了，五五分帳！各得一半！」

「你！」比爾瞪大了眼睛，「是我帶你來的……」

「沒有我你早就成了北極熊和山豬的早餐了！」

「好，好。」比爾氣的揮揮手，「等打到北極熊再說。」

比爾和艾德蒙垂頭喪氣的走了，他們當然不會就這麼離開，而是要再去想辦法，他們來這裡就是要獵殺北極熊賣錢的。這次突擊是比爾的主意，他了解北極熊的習性，知道北極熊喜歡在海邊抓魚，也知道貿然前去獵殺，一定會被鼻子很靈的北極熊提前發現，於是想出在魚類資源豐富的小海灣邊上埋伏的主意。

為了避免被北極熊聞出人類的味道，他和艾德蒙事先往身上倒了幾瓶香水，濃烈的香水味道壓過了人體的體味。他們在夜晚來到海邊的道路附近，先在雪地裡挖洞，比爾進洞後艾德蒙把洞上蓋好木板，再把雪覆在上面。自己跑到距離道路更遠的地方，挖洞隱藏起來，這樣他們就達到出其不意的目的了，而且對北極熊們還會達到雙面夾擊的半包圍效果。不過這兩個傢伙都太過激動，完全沒有想到會有北極熊和山豬偷襲，結果一隻熊也沒有打到。

7 歷劫歸來

邁爾斯和特德在浮冰上走了很遠，浮冰間此時有了更多的斷裂帶，他們在浮冰上跳躍著前行，當然，他們已經沒有以往那種跳浮冰的心情了，不知哈恩他們現在怎麼樣了，目前他們還不敢貿然回到岸上。

身後，沒有獵人追來，對這一點他們倒不擔心，獵人不大可能游過冰冷的海水跟到浮冰上，他倆只是擔心哈恩他們。

「應該沒什麼事。」特德和邁爾斯坐在一塊浮冰上，望著遠

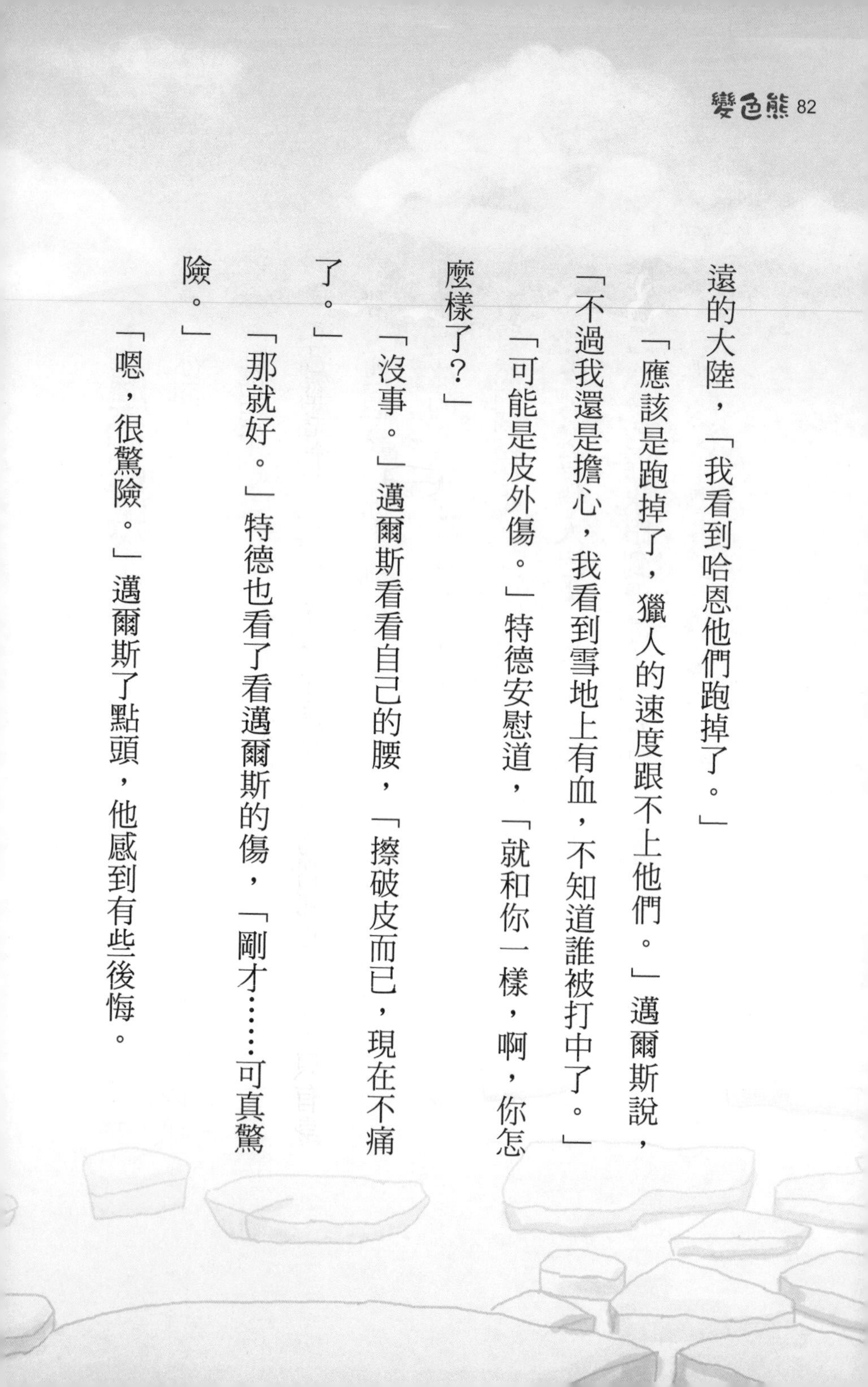

遠的大陸，「我看到哈恩他們跑掉了。」

「應該是跑掉了，獵人的速度跟不上他們。」邁爾斯說，「不過我還是擔心，我看到雪地上有血，不知道誰被打中了。」

「可能是皮外傷。」特德安慰道，「就和你一樣，啊，你怎麼樣了？」

「沒事。」邁爾斯看看自己的腰，「擦破皮而已，現在不痛了。」

「那就好。」特德也看了看邁爾斯的傷，「剛才……可真驚險。」

「嗯，很驚險。」邁爾斯了點頭，他感到有些後悔。

傍晚臨近，邁爾斯和特德還是不敢踏上陸地，他們走到駐地附近的冰面上，天色暗下來以後，他們在海岸邊登陸，隨後謹慎的向駐地走去。

天已經完全黑了，四周一片寂靜，海鳥們都收了工，只有身後的海浪晝夜不停的晃來晃去。

邁爾斯和特德向內陸行進了約半小時，忽然，邁爾斯抬起身子。

「我聞到他們了。」邁爾斯感到很興奮。

「嗯，我好像也聞到了。」特德也興奮了起來，「太好了，我們快走。」

兩個好朋友加快速度，向駐地跑去。距離駐地不到一百公尺的地方，一塊大石頭後，有隻北極熊探出身子，這隻北極熊的耳朵上戴著一個圓環，他是站哨的蓋伊。

「是邁爾斯嗎？」蓋伊看到走近的邁爾斯，連忙問。

「耳環蓋伊，是我。」邁爾斯興奮的說。

「還有我。」特德跟著說。

「太好了。」蓋伊從石頭後閃出，迎了過來，他很高興，「我們都急死了，再不回來，哈恩要派出小隊去找你們了。」

「我們沒事。」邁爾斯連忙說，「你們都還好吧？」

「哈恩受了輕傷，沒什麼大礙。」蓋伊拉住邁爾斯的手，

「兩個小傢伙驚嚇過度，不過現在好多了，我們走吧，大家一直在等你們呢。」

邁爾斯和特德一出現在大家面前，大家就圍了過來，細心的蘇珊發現邁爾斯受傷，連忙查看傷勢，不過邁爾斯說自己是皮外傷，大家都放心了。正說著，哈恩走了過來。

「邁爾斯，你怎麼回來的？」哈恩一見面就問。

「逃進海裡，從浮冰上走回來的。」邁爾斯說，「你的傷……」

「沒什麼大礙。」哈恩很放鬆的樣子，「過幾天就好了。」

「那就好。」邁爾斯說著低下了頭，「我……我……獵人的

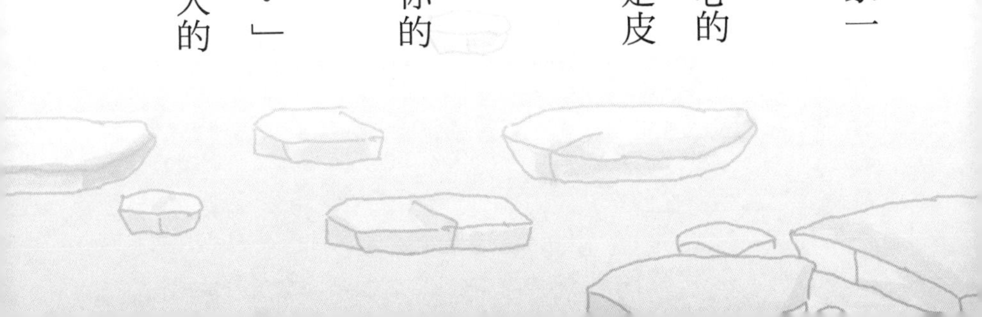

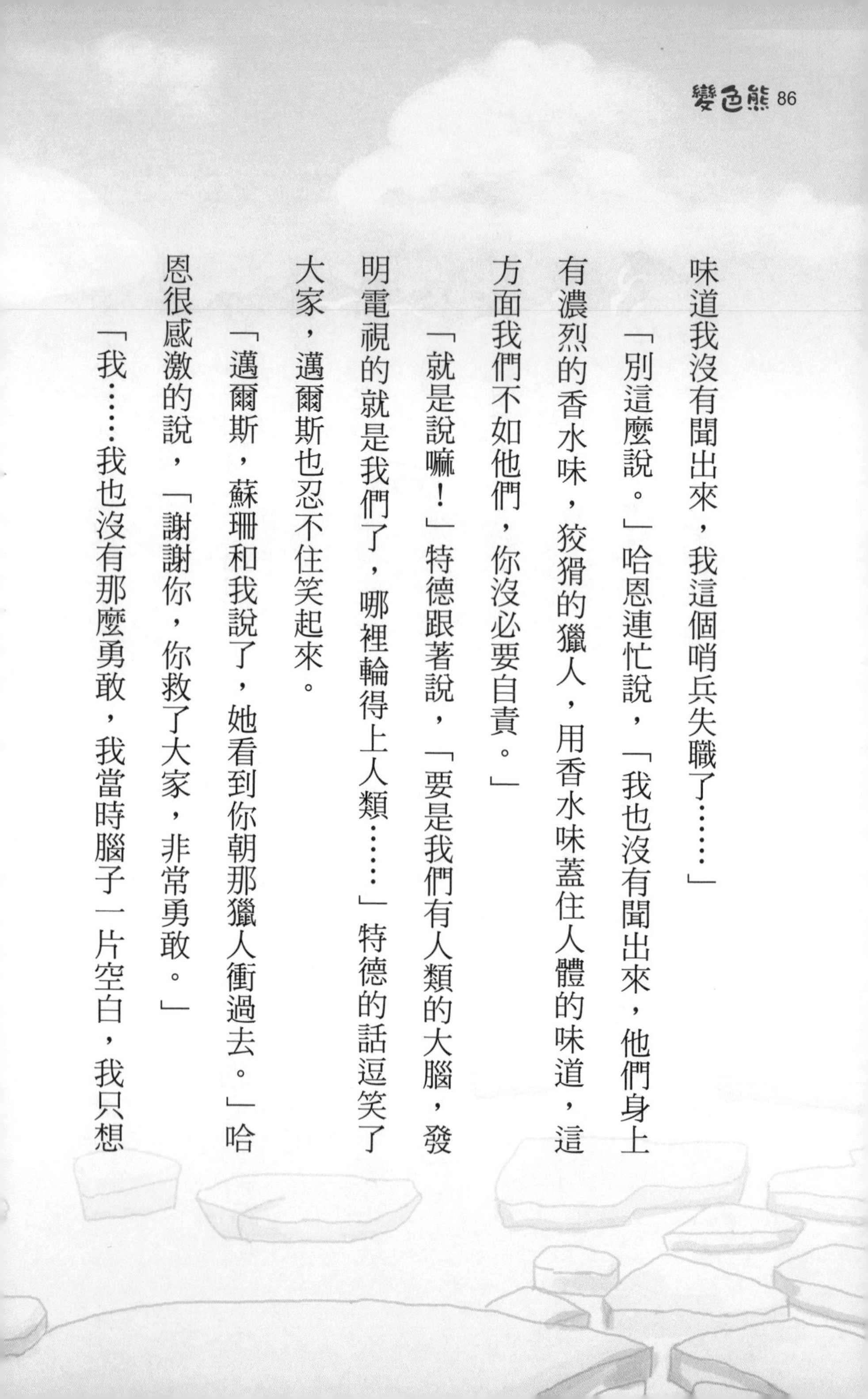

味道我沒有聞出來，我這個哨兵失職了……」

「別這麼說。」哈恩連忙說，「我也沒有聞出來，他們身上有濃烈的香水味，狡猾的獵人，用香水味蓋住人體的味道，這方面我們不如他們，你沒必要自責。」

「就是說嘛！」特德跟著說，「要是我們有人類的大腦，發明電視的就是我們了，哪裡輪得上人類……」特德的話逗笑了大家，邁爾斯也忍不住笑起來。

「邁爾斯，蘇珊和我說了，她看到你朝那獵人衝過去。」哈恩很感激的說，「謝謝你，你救了大家，非常勇敢。」

「我……我也沒有那麼勇敢，我當時腦子一片空白，我只想阻止他開槍，可惜他有個同夥發現我們……」

「我也很勇敢，腦子裡可沒有空白喔！我就是想救你們這些大塊頭，怎麼說呢，你們對我還不錯。」特德手舞足蹈的說。

「還要謝謝你，你這個……北極豬。」哈恩笑著說，「蘇珊說你跟在邁爾斯後面衝上去。」

「沒什麼，沒什麼。」特德很得意，「當時我確實很勇敢，我從來就不誇自己的，不過這次我真的被自己感動了……以後嘛，你們要多幫我找食物，不要再讓我去找了，有什麼好吃的先想著我……」

「特德，你還真不客氣。」邁爾斯笑了起來。

「那當然，我剛才那樣子不勇敢嗎？我直接就朝那個獵人衝過去。」特德說著頓了一下，他拍拍自己的腦袋，「啊，說到獵人，我想起來了，哈恩，我們以後怎麼辦？」

特德的話似乎把大家都給問倒了，這是一個非常現實的問題，大家都明白那兩個獵人不可能就此離開，他們還會想盡一切辦法來獵殺北極熊。

「我看……」哈恩皺著眉，「不能再去那個海灣捕魚，要換個地方，還有就是一旦聞到特別濃烈的氣味就要馬上撤離，我不知道獵人還會不會使用相同辦法，我也不知道他們下一步會怎麼做，我們只能保持警惕，不能再讓獵人發現了。」

這些話顯得很沉重，北極熊們知道自己目前的處境——被獵人盯上可不是好玩的事。他們確實沒有什麼辦法，只有盡量不被獵人發現。

晚上的時候，哈恩加派了一個崗哨。經過這樣一天的折磨，邁爾斯有點累了，卻怎樣也睡不著，他把頭探出洞口，正好看見特德也把頭探出洞。

「邁爾斯，睡不著？」特德先問。

「是呀。」邁爾斯點點頭。

「不用怕，哈恩加派了崗哨。」特德說，「這麼晚了，獵人也要休息，他們找不到這裡的。」

「不是因為這個。」邁爾斯搖搖頭，「我是擔心以後，那些獵人會一直在這裡找我們，即使找不到我們，也可能遇上其他北極熊，去年就有北極熊被獵殺，不知道今年會輪到誰。」

「今天早上本來輪到我們，還好我們跑了。」特德愁眉苦臉的說，不過他隨即又嬉笑起來，「邁爾斯，你就不要為以後的事擔心了，誰知道以後會怎麼樣呢？一年多前我還在阿拉斯加呢，誰想到今天會躲在這個洞裡，這就是生活，過一天算一天。」

「我知道，你是個樂觀主義者。」邁爾斯勉強笑笑，「不過你說得也許沒錯，誰知道以後會發生什麼呢？過好每一天才是對的吧。」

他們又聊了一會，然後都回到洞中休息。

一輪彎月高掛在天上，四月的北極圈內的夜晚，溫度還是極低。一股微風從北極熊們的駐地上吹過，輕輕帶走一些微塵。邁爾斯的洞外不遠處，有兩隻北極熊躲在石頭後，警覺的觀察著四周情況；旁邊的一個洞裡，北極熊寶寶雪麗和戴爾趴在媽媽的懷裡，睡得正香甜。

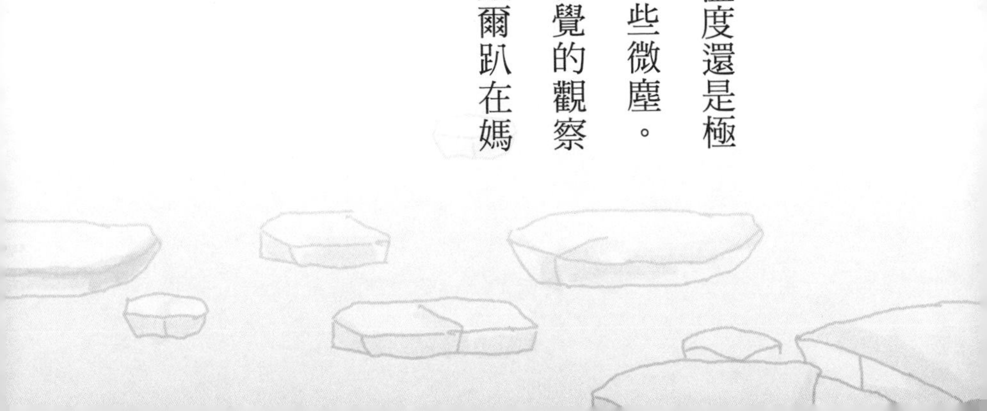

8 一個計畫

第二天早上，北極熊們全都起來了，今天他們不能再去斯坦頓鎮旁的小海灣，儘管那裡的魚很多。他們要去找一個安全的地方捕魚，哈恩想到一個地方，那裡在距離斯坦頓鎮更遠的東面，也有個海崖，崖下有很多魚。

北極熊們整隊出發，前面有尖兵、兩翼有保護，年老的和年幼的北極熊都在中間，邁爾斯受傷，儘管他感覺傷已經好了，但還是被安排在中間，和雪麗和戴爾在一起。

「邁爾斯叔叔，你昨天真勇敢！」雪麗一邊走一邊說，「我都嚇死了，我第一次遇到獵人。」

「你們女孩子膽子就是小。」戴爾也跟在邁爾斯身邊，他對雪麗說道。

「你膽子就大嗎？」雪麗不屑的說，「昨天你跑得也很快呀，還發抖呢。」

「我……我發抖了嗎？」戴爾一副滿不在乎的樣子，「是你發抖吧？因為你自己抖，所以看我也是抖的。」

「好了，好了。」邁爾斯笑笑，「其實我也很害怕的，不害怕才怪呢。關鍵是以後我們要小心，不要再遇上獵人……」

大家一邊說著話，一邊向東走去，哈恩和特德走在隊伍的前面，他們一路上一直保持警覺。

大家正在走著，忽然，前面的尖兵站了起來，四下張望著。哈恩也聞到什麼，他也站了起來。

「好像也是北極熊。」特德聞到不遠處飄來的北極熊的味道。

「是的。」哈恩點點頭，「附近有其他團隊……」

正說著，從路邊的高坡後面，探出了兩隻北極熊的腦袋，隨後，又有幾隻北極熊的腦袋探了出來。

「萊克——麗蓓嘉——」哈恩顯然認識那兩隻北極熊，他興奮的叫道。

「啊，是哈恩。」兩隻領頭的北極熊跳下高坡，走了過來，叫萊克的大公熊也很高興。

「真是幸會呀。」麗蓓嘉跟著說，「哈恩，你們不是在斯坦頓那邊嗎，怎麼到這邊來了？」

「一言難盡呀。」哈恩把遇到獵人的事告訴了萊克和麗蓓嘉。

「獵人的事情我們也聽說了。」萊克的語氣沉重起來，「沒想到遭到攻擊的是你們，還好沒有什麼傷亡。」

「是呀，不過很危險。」

「嗯，看來我們也要加強防備了。」萊克看看自己的隊員，他們已經和哈恩的團隊會合在一起，小北極熊們更是歡快的嬉鬧著。這兩個團隊相互比較熟悉，這樣的北極熊團隊在斯坦頓地區有好幾支。

「他們這次用濃烈的香水掩蓋人體的味道，在我們必經之路上設伏……」哈恩把獵人的招數告訴萊克。

萊克邊聽邊點頭，為了獵殺北極熊，獵人的招數愈來愈多，北極熊團隊或者個體之間經常彼此交換消息，提高應對能力。

十多分鐘後，兩個團隊道別。哈恩的團隊繼續向東行進，很快，他們就來到了那個海崖旁邊，除了海浪聲，這裡顯得非常安靜。哈恩布置好哨兵，帶著大家走到崖邊。

「哈，真是個好地方。」特德看著崖下的海水，「大塊頭們，下去呀……」

「你先下去吧——」邁爾斯猛地推了特德一把，特德一下就跳進了水裡。

「嗨——」特德喊了一聲，他跳進水裡，隨後愜意的游來游去。

北極熊們也紛紛跳進水裡，他們開始在海裡捕魚，很快，一條條大魚就被拋上岸來。哈恩找的這個地方不錯，他這個首領可不是誰都能當的，哈恩對這個地區的環境非常熟悉。

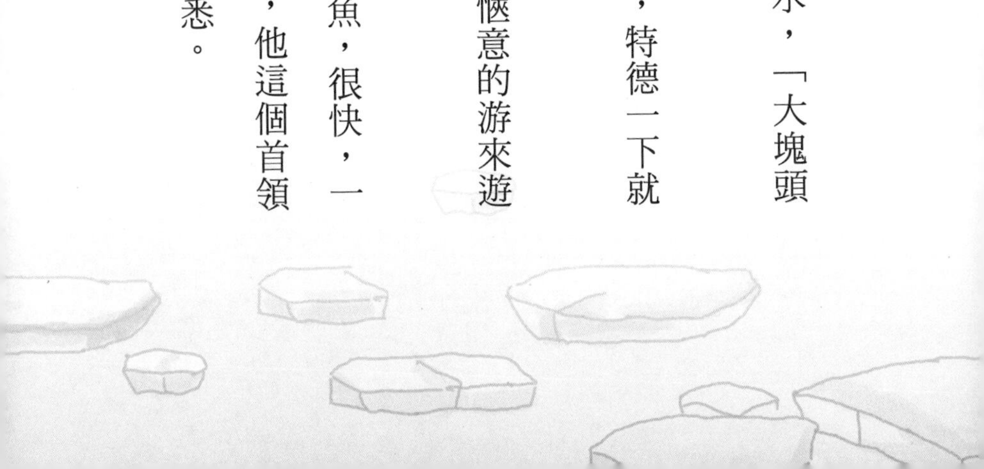

邁爾斯也跳到海裡，他那點皮外傷已經好了，他在水裡自由的游著，還幾次從水下偷襲特德。玩了一會，邁爾斯下到海裡，抓了幾條魚扔到岸上，隨後爬到了岸上。

邁爾斯飽餐了一頓。吃飽後，他在海邊散步，這片海崖後面地上的雪都已經化了，融雪後的地上有很多泥坑，雪麗和戴爾還不能下到海裡，他們在海崖旁追逐著小螃蟹，他們幾次撲到泥坑裡，身上弄得全都是泥漿，非常髒。

邁爾斯坐在一塊大石頭上，看著追逐著螃蟹的兩隻髒兮兮的小北極熊，笑了起來。

「雪麗——戴爾——」蘇珊走過來，拉住雪麗，「看看你們，髒死了，不要玩了，去吃魚……」

「不，我還要玩。」雪麗一把掙脫了媽媽，去和戴爾追螃蟹了。

「真是不聽話。」蘇珊追過去，她一把抓住雪麗，又拉住戴爾，隨後把兩個孩子提了起來，「走，去洗一洗，看看你們，像棕熊一樣了。」

蘇珊把兩個孩子帶到海邊，用水給他們洗身上的泥漿，邁爾斯看著他們，兩眼發直。

「嗨，邁爾斯，去跳浮冰，比一比……」特德爬上岸，走到邁爾斯身邊說。

「特德！」邁爾斯眼睛依然看著雪麗和戴爾，但手卻一把拉住特德，他的手止不住的抖。

「嗨，邁爾斯，你觸電了嗎？」特德的手也被動得抖了起來。

「特德，你看雪麗和戴爾，像什麼？」邁爾斯激動的問。

「像什麼？」特德仔仔細細看著雪麗和戴爾，一臉的疑惑，「像……難道像山豬？」

「怎麼會像山豬?」邁爾斯叫了起來,「你看看他們,身上的顏色,不像棕熊嗎?」

「這個……像,像兩隻小棕熊。」特德說,「在泥裡玩髒了,這兩個小傢伙,經常是這樣的。」

「也就是說我們只要把身上的毛弄成棕色,就是棕熊了,獵人看到是棕熊,就不會獵殺我們,因為獵殺棕熊是違法的!」邁爾斯依舊是那樣激動,「只要把我們的毛變色,變成棕色!算是保護色,哈哈,這樣……」

「喂——」特德拍拍邁爾斯,「老兄,不要做夢了?你在泥裡滾一滾,顏色是變暗了,可是用不了多長時間泥就乾了,就會掉下來，再說身上都是泥多難受呀。」

那邊，雪麗和戴爾已經被蘇珊洗乾淨，他們被帶到了一邊，大吃起來。

「特德，你要動動腦子！」邁爾斯點點特德的腦袋，「誰說要用爛泥來改變我們的顏色呀，斯坦頓南邊有個化工廠你知道嗎？那是一家染料工廠。」

「等等！」特德似乎有些明白邁爾斯的意思，他擺

擺手，「你……你是說用染料把你們的毛染成棕色，這樣你們就……」

「就是這個意思！」邁爾斯用力的點著頭，「染料染的顏色不容易掉，這樣我們就安全了，我這個計畫怎麼樣？」

「很有創意。」特德揮揮手，狡猾的笑了，他轉過身子，看看岸邊的北極熊，「哈恩在哪裡？要和他商量一下……」

「特德。」邁爾斯飛快的拉住特德，「哈恩不會同意這個計畫的，我們要去人類的工廠才能找到染料，哈恩連我們靠近人類居住區都不准，哪會讓我們去弄染料呀。這事千萬不能說出去，只能我們兩個知道。」

「這倒是。」特德若有所思的說，「我說，你這個計畫是不錯，可是怎麼才能弄到染料呢？」

「我以前在那個工廠外的垃圾箱找食物的時候得知，那裡晚上只有一個值班員。」邁爾斯小聲的說，「只要我們翻牆進去，就能找到染料，前年有一輛去工廠載染料的汽車翻了，裡面掉出來的染料桶什麼顏色的都有，我們只要一種，那就是棕色！」

「好像要冒一些風險呀，不知道值班員有沒有槍？」特德想了想。

「冒險也值得。」邁爾斯激動起來，「這樣做是為了保命

呀，你想想，要是蘇珊被殺，雪麗和戴爾怎麼辦？要是我被殺，你和大家不難過嗎？要是哈恩被殺，我們就沒有首領了。只要有保護色，我們就安全了，遇到獵人，你藏在我們中間，也安全了，冒一次險不值得嗎？」

「嗯……」特德眨眨眼睛，「值得……我覺得值得，我跟你去。」

「太好了！」邁爾斯揮揮手，「就知道你會同意的，我確實要一個幫手。今天晚上我們就去，只要弄到棕色染料，哈哈，我們都要做變色熊了，北極熊變棕熊，『附錄2』變『附錄1』。」

「北極豬變北極熊。」特德跟著說，「喔，這不大可能。」

「哈哈哈——」他倆對視一下，大笑起來，蓋伊從他們身邊走過，傻傻的看看他們，不知道他們在笑什麼。邁爾斯和特德看到蓋伊那傻傻的樣子，又大笑起來，蓋伊也跟著傻笑起來，儘管他不明白邁爾斯和特德在笑什麼。

傍晚前，大家回到駐地。由於今天進行了長途的跋涉，他們都有些累，一些夥伴早早就鑽進洞睡覺了。邁爾斯和特德先是回到各自的洞中休息了一會，晚上十一點多，夥伴們都睡著後，邁爾斯先鑽出洞。他來到特德的洞口，輕輕的敲敲洞口，特德很快就從洞中鑽出來。

「今晚是蓋伊站哨，我們要繞過他。」邁爾斯指指蓋伊站哨的位置，小聲的說，「千萬不能讓蓋伊發現。」

「知道了。」特德點點頭，「啊，手電筒帶了嗎？」

「帶了。」邁爾斯擺擺手臂，他的左手臂上綁著一隻小手電筒，那是他以前翻垃圾的時候撿到的。

駐地的東西兩邊各有一隻站哨的北極熊，斯坦頓鎮在駐地的西面，邁爾斯和特德要繞過在駐地西面站哨的蓋伊。這次行動邁爾斯不想事先告訴大家，因為哈恩一定不會准許，他是個處事非常謹慎的首領。

邁爾斯和特德悄悄的來到蓋伊的身後。「耳環蓋伊」趴在那裡，似乎已經睡著了。他一點也沒有發現身後的動靜。

邁爾斯做了一個「走」的動作，和特德輕輕的繞過蓋伊，距離蓋伊大概有一百多公尺的距離，他們知道這下蓋伊無法發現他們了，於是飛快的向內陸奔去。

9 潛入化工廠

微弱的月光照著大地，邁爾斯和特德在寂靜的大地上狂奔，沒多久，他們就鑽進一片森林，出了這片林地，他們就快接近斯坦頓鎮了。

邁爾斯和特德在森林裡飛快的穿行著，他們都有些激動，如果計畫成功，這個團隊的北極熊就會被拯救，免除被獵殺的危險，也不用每天生活在恐懼之中了。大家會像那些棕熊一樣，想去哪裡就去哪裡，看見獵人不用躲避，這將是多麼美好的生活呀。

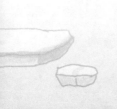

不到一個小時，他們就跑到了森林的另一端，他們小心翼翼的走出森林。不遠處就是斯坦頓鎮，這個小鎮不算大，經常有熊族到小鎮周圍的垃圾場翻找食物，邁爾斯也去過，不過哈恩一年前禁止自己團隊的成員去翻垃圾，因為北極熊如果距離小鎮太近，還是有可能會遭受到槍擊的迫害，但子彈明顯故意打偏，可能小鎮裡的人從來不傷害北極熊，只是驅趕而已，他們看起來也害怕和熊近距離接觸。不管怎麼樣，哈恩不希望自己團隊的成員和人類靠得太近。

邁爾斯知道那座化工廠就在斯坦頓鎮的南邊，他還知道小鎮裡有一些人就在化工廠上班，不過現在是晚上，化工廠不會有人工作，只有一個值班的警衛，應該已經睡著了。

邁爾斯和特德走出森林，沿著一條公路向化工廠跑去，公路上沒有任何車輛，一切都那麼安靜。

不到十分鐘，他們就看到了那家化工廠的圍牆。邁爾斯先停下來，警惕的觀察四周動靜，然後悄悄的來到了圍牆下。

這家化工廠不大，化工廠的四周有圍牆，工廠大門緊閉，大門的上方，有一個大牌子，上面寫著「維瓦爾化學工業有限公司」幾個字。

邁爾斯和特德繞著圍牆走了一會，看看四下無人，邁爾斯拍拍特德，特德此時很緊張，邁爾斯也一樣。

「從這裡翻進去。」邁爾斯指指牆壁。

「好。」特德點點頭。

化工廠的圍牆稍微有些高，邁爾斯先是站起來試了試，他的兩手剛剛能摸到圍牆的頂端，他看了看特德。

「你站好，我踩在你的後背上。」邁爾斯小聲的說。

「好。」特德又點點頭，隨後走到圍牆下站好。

邁爾斯一腳踩在特德後背上，隨後另外一隻腳也踩了上去。

「哎……」特德齜牙咧嘴的，「邁爾斯，你真應該減肥了，真是有夠重的。」

「噓……小聲點。」邁爾斯連忙說，他的雙手已經攀在圍牆上，隨後一用力，身體上了圍牆。

邁爾斯終於翻到了圍牆上，他看看下面的特德。

「來，我拉你上來。」

特德連忙扶著圍牆站起來，不過他的兩隻手怎麼也搆不到邁爾斯的手。

「等一等。」

特德說著後退十多步，他距離圍牆有十公尺遠，隨後一個助跑，跑到圍牆下，他縱身一躍跳了起來，邁爾斯連忙拉住他的手，特德也上了圍牆。

他們觀察了工廠裡的情況，只見圍牆裡的工廠有四排廠房，廠房裡靜悄悄的，整座廠區只開了兩盞路燈，工人們早就下班了。

邁爾斯先跳下圍牆，隨後，特德也跳了下去。

「看門的在那裡。」邁爾斯指指工廠大門後的一個小房子，那個小房子的燈熄滅了，看來警衛已經休息了，「千萬不要弄出聲音來。」

「知道了，現在我們怎麼辦？」特德問。

「去廠房，一定能找到棕色染料。」邁爾斯說著指指那四排廠房。

他們躡手躡腳的穿過一條廠區的路，來到第一排廠房旁。就在這時，大門後的小房子裡突然傳來一陣咳嗽聲，他們嚇壞了，全都緊緊的靠在廠房的牆壁旁，邁爾斯小心翼翼的把頭探出去，向那個小房子望去。

咳嗽聲停止了，小房子裡的燈沒有亮起，邁爾斯長吐一口氣，他拉拉驚魂未定的特德。

「走吧。」邁爾斯說。

他們沿著廠房，壓低身子一路向前，走到第一排廠房的大門，借著路燈的光，邁爾斯看到了廠房門旁的一塊牌子——「粉劑車間」。

「應該不是這裡。」邁爾斯搖搖頭，「我們去那邊的廠房。」

說完邁爾斯和特德向第二排廠房跑去。跑到廠房前，他們緊貼著牆壁停頓了一會，看看四下無人，隨即向廠房大門跑去，到了大門，他們看到一塊牌子——「溶解車間」。

「也不是這裡。」邁爾斯說著看看四周，他悄悄的跑到廠房盡頭，看了看後面的那座廠房。

接著，邁爾斯和特德穿過兩排廠房間的空地，來到第三排的廠房，虛弱的路燈無力的照射在他們身上。

他們來到第三排廠房的大門口，大門口也有塊牌子——「成

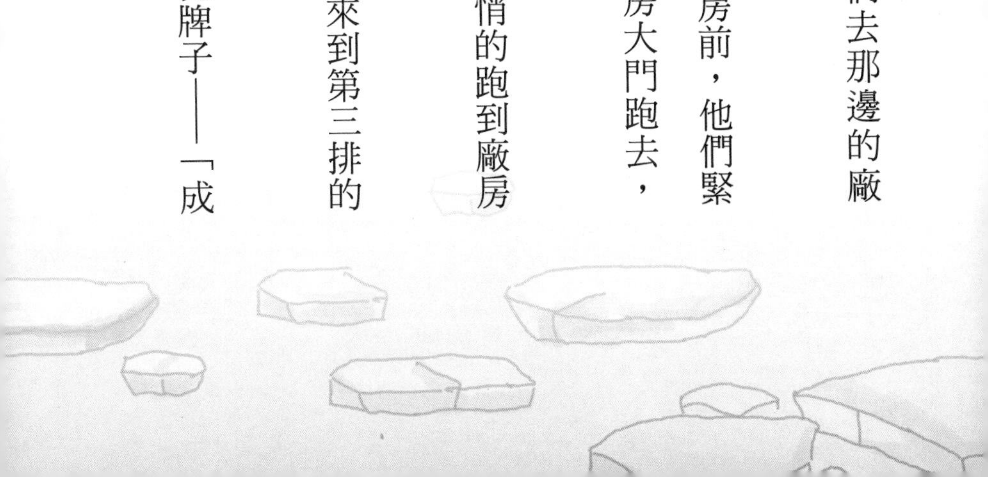

品倉庫」。

「就這裡，就這裡！」邁爾斯頓時激動起來，「這裡一定有棕色的染料。」

「喂，不要太高興，看看這……」特德指指大門上的一把鎖，聳聳肩膀。

一把鎖鎖住了廠房大門，邁爾斯先是抓抓腦袋，隨後一把抓住那把鎖。

「看我的。」邁爾斯說著用力的扭轉那把鎖，他緊咬牙關，使出全身的氣力。

「喀——」，那把鎖一下就被扭斷了，扭斷的同時發出清

成品倉庫

脆的一聲。邁爾斯和特德嚇得全都鑽到了廠房前的幾株灌木後面，矮矮的灌木叢哪裡擋得住邁爾斯那龐大的身軀，不過他可不管這麼多了，他的腦袋鑽進了灌木叢裡，大半截身子露在外面。

過了好一陣，都沒有聽見有人走動的聲音，邁爾斯才慢慢把頭探出來，只見特德的頭還鑽在灌木叢裡，渾身顫抖著，邁爾斯拍拍特德。特德哆嗦了一下。

「是我。」邁爾斯小聲說，「沒事，出來吧。」

特德鑽出灌木叢，看著邁爾斯，有些尷尬的笑了笑。他們再次來到大門前，門鎖已經被扭了下來，邁爾斯輕輕推開門，那扇門發出輕微的聲音，邁爾斯屏住呼吸，非常害怕再弄出太大的聲響。

門被打開到邁爾斯剛剛好能進去的程度，他先貼著門鑽了進去，隨後，特德也跟了進去。

成品倉庫裡黑壓壓的，什麼都看不見。邁爾斯把綁在手臂上的手電筒解開，用手電筒照射著庫房裡的情況，只見成品庫房很大，有好幾排木架子，木架子分三層，每層都擺滿一個個塑膠桶和塑膠袋，那些塑膠桶有方形的，也有圓形的，顏色大都是深藍色的，這些塑膠桶和袋子裡面裝的都是染料。

「我們慢慢找。」邁爾斯對特德說，「從第一排開始。」

邁爾斯和特德沿著那排長長的木架開始找尋，木架上的染料有非常清楚的顏色分類，他們找起來很順利。第一排木架上的染料是黃色和紅色系列，他們轉到第二排木架，沒走幾步，特德就小聲的叫了起來。

「嗨，棕色，就是這個。」

「噓……小聲點。」邁爾斯連忙說，「我也看見了。」

只見第二排木架的第三層的名牌上清晰的標示著「棕色」字樣，邁爾斯非常激動，第三層的木架有些高，他踮起腳，看到架子上擺著一個個圓形的藍色塑膠桶，塑膠桶大概有半米多高，直徑將近半米。

「水溶性奈米染料，濃縮型，無毒環保……」邁爾斯看著塑膠桶上的標籤，念道，「哈哈，還是無毒環保的。」

邁爾斯伸手去拿最外面的一桶染料，他的手不小心碰到旁邊的一桶染料，那桶染料忽然倒在了木架隔板上，發出「咚」的一聲，聲音有些大。

「啊——」邁爾斯嚇得立即蹲在地上。

特德捂著耳朵，腦袋緊靠著木架，雙眼緊閉，渾身發顫。

過了足足兩分鐘，沒有別的聲音傳來，邁爾斯慢慢的站起來，向四下看了看。

「嗨，特德，沒事。」邁爾斯推推特德，「不要緊張。」

「我沒緊張。」特德穩定著自己的情緒，「我不過有些慌張，我說，你注意點，不要老是弄出聲音來，我那顆脆弱的心臟受不了的。」

「好了好了。」邁爾斯站起來，從第三層木架上抱下來那桶染料，「這就走了。」

邁爾斯抱著那桶染料，特德用手電筒照射著道路，他們小心翼翼的向大門口走去，一切還是那麼安靜，他們來到大門

口前，邁爾斯剛要往外邁步，只見一道強烈的手電筒光射了過來。

與此同時，特德的手電筒光也照了過去，只見一個身穿制服的警衛手持手電筒，電光之下，警衛看見邁爾斯抱著染料桶，特德手持小手電筒。

「啊——」特德最先驚叫起來，這是突如其來的遭遇下他的本能反應。

「啊——」邁爾斯也叫了起來。

「啊——」警衛也驚叫起來，他的驚叫聲顯得更大。

「咚——」的一聲，警衛直直的倒在地上，他被嚇暈過去了。

「嗯？」特德看到警衛倒下去了，不再叫了，「他……他怎麼了，這裡不能隨隨便便睡覺的，這裡是倉庫……」

「走啦，他嚇暈了，他的心臟比你還脆弱。」邁爾斯說著擠過那扇門，向外面跑去。

「等等我——」特德叫著跟了出去。

邁爾斯和特德跑到圍牆下，特德先把手電筒扔過圍牆，然後問都沒問就站在圍牆下，邁爾斯放下桶子，站在特德背上爬上圍牆，特德把那桶染

料舉起來交給邁爾斯，邁爾斯接到染料後，把染料桶扔到了圍牆外。這邊，特德後退了十多步，隨後一個助跑跳躍起來，邁爾斯抓住他的雙手，把特德拉到了圍牆上。

他們一起跳下圍牆，邁爾斯抱起染料桶，特德撿起手電筒，隨後一起沒命的向森林那邊跑去。他們終於弄到一桶棕色的染料，還是無毒環保的呢。

邁爾斯和特德一口氣跑到森林邊上，看看身後沒人跟上來，隨即跑進森林，進入森林後他們感覺自己更安全了。

他們在暗黑的森林裡穿行了兩公里，真的累壞了，邁爾斯第一個停了下來。

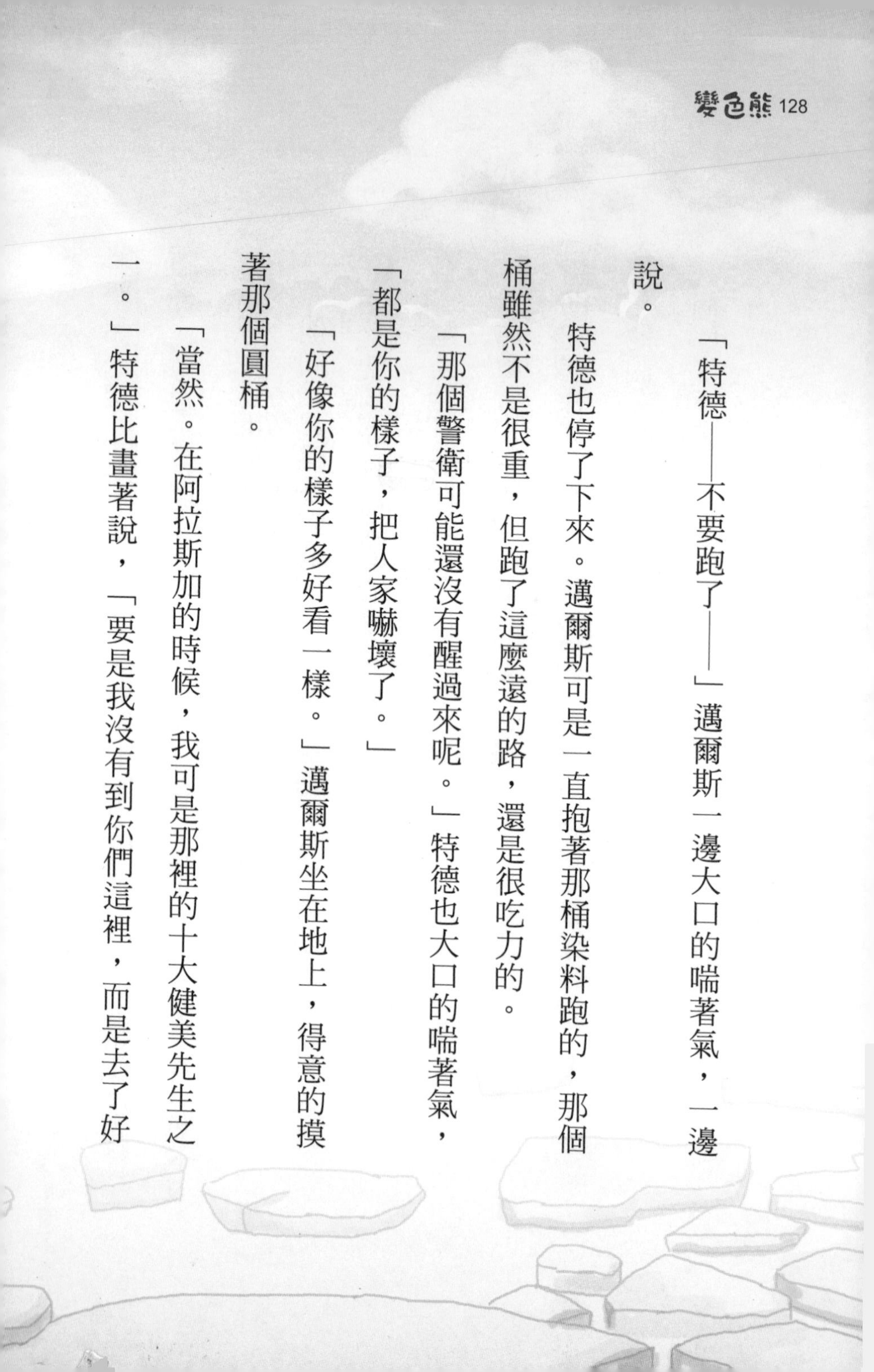

說。

「特德——不要跑了——」邁爾斯一邊大口的喘著氣，一邊

特德也停了下來。邁爾斯可是一直抱著那桶染料跑的，那個桶雖然不是很重，但跑了這麼遠的路，還是很吃力的。

「那個警衛可能還沒有醒過來呢。」特德也大口的喘著氣，

「都是你的樣子，把人家嚇壞了。」

「好像你的樣子多好看一樣。」邁爾斯坐在地上，得意的摸著那個圓桶。

「當然。在阿拉斯加的時候，我可是那裡的十大健美先生之一。」特德比畫著說，「要是我沒有到你們這裡，而是去了好

萊塢，早就和電影公司簽約了，現在也該是一線男星了吧。」

「你這樣子還能簽約電影公司？」

「你不覺得讓一隻山豬出演007系列影片的男主角更具賣點嗎？」

「確實……有賣點……」邁爾斯眨眨眼睛，「不過最終電影公司會賣了所有家當……」

「喔，邁爾斯，聽你這樣說真傷我的心。」

「好了好了，不跟你說這些了。」邁爾斯說著，他拿出手電筒，照在染料桶外貼的標籤上，「現在要辦正經事了。」

「邁爾斯，你不是現在就要變色吧？」

「為什麼不呢？」邁爾斯看看特德，「我的好萊塢大明星，我現在變了色，等一下遇上獵人，也會很安全的。」

「那倒是。」特德點點頭，「隨便你了，變色熊。」

「……水溶性奈米染料產品特點，耐光，速乾，乾後穩固性強，透明度好。本品為濃縮型，用水稀釋後使用，操作簡便……」邁爾斯一邊看一邊念道，「不錯，操作簡便，用水稀釋……」

說著，邁爾斯把染料桶的蓋子扭了下來，特德也好奇的把頭伸過去，只見染料桶裡面全都是極細的棕色粉末。

「是粉末狀的，要用水來稀釋。」邁爾斯抓起來一些粉末，用鼻子聞聞，「什麼味道都沒有。」

「現在怎麼辦？該怎麼把你變成棕熊？」特德問。

「先要找到水。」邁爾斯想了想，他拿起來染料桶的蓋子，

「水可以放到這個蓋子裡。」

「水？」特德豎起耳朵，「那邊，那邊有水聲。」

他們抱著染料桶向西邊走了一會，看到一條小溪在林間穿過，邁爾斯盛了滿滿一蓋子水，然後把蓋子放在地上。

「放染料要有比例的。」邁爾斯又看了看染料桶外標籤上的使用說明。

邁爾斯抓起來一些染料粉末，他沒有把粉末放進蓋子裡，而

是先看看特德。

「請吧，化學家邁爾斯。」特德笑了笑，「大明星特德正在關注你這偉大的實驗。」

邁爾斯也笑笑，他小心翼翼的把手裡的粉末放進蓋子裡。染料粉末一放到水裡，便立即融化了；蓋子裡的水很快就變成了棕色。邁爾斯和特德相互對視一下，他們都很興奮。

邁爾斯把鼻子湊近蓋子，聞聞裡面的味道，蓋子裡的液體有色無味。

「無毒環保。」邁爾斯說著用手指沾了些棕色的液體，隨後對特德說，「那我就開始了？」

特德沒說話，只是用力點點頭。

邁爾斯把手指上的液體小心翼翼的抹在手臂上，只見白色的毛立即被染成了棕色，染色後的毛很快就乾了，邁爾斯用手摸摸被染成棕色的毛，沒有掉色，被染色的地方也不痛不癢，染色後的毛簡直就像自然生長出來的一樣。

「我看看。」特德也小心的摸摸那塊被染色的毛，「哈哈，真的很自然，試驗成功！」

「那就開始吧，特德，你幫我染手伸不到的地方。」邁爾斯說著就開始沾那些液體染自己的手臂，「一隻棕熊正在誕生……」

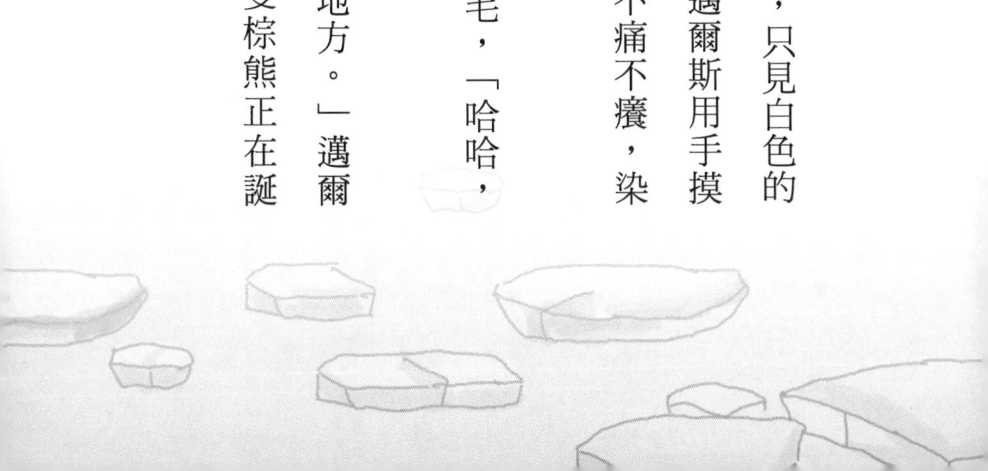

的確，一隻棕色的北極熊正一步步的被染出來，邁爾斯先是染了兩隻手臂，隨後又把自己的胸腹染成棕色，特德幫他染後背和頭部。由於塑膠桶的蓋子較小，他們反覆接水並放入染料，足足染了將近三個小時，直到邁爾斯的全身上下全變成了棕色，無論怎樣看，他都是一隻北美棕熊。

邁爾斯用手電筒照著自己，他實在太高興了，只有三個小時，他就變成了棕熊，以後看哪個獵人還敢朝他開槍，他今後可以自由自在的生活了。

「邁爾斯，你有沒有覺得渾身發癢？」特德在一邊問。

「剛才稍微有一點，現在什麼感覺都沒有。」邁爾斯抑制不住自己的興奮，「放心吧，無毒環保。」

「來看看掉不掉色。」特德把邁爾斯拉到小溪邊。

邁爾斯把腳探到了溪水裡，然後收起腳。他腳上那棕色的毛僅僅被水弄溼了，沒有一點掉色的現象。

「說明書上都說了，乾後穩定性強，不會掉色。」邁爾斯一邊擦著腳，一邊說。

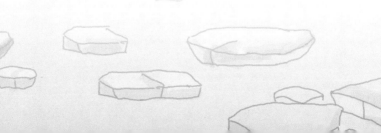

「這可太好了。」特德也非常高興，「我們現在就回去，把哈恩他們全都染成棕色。」

「好。」邁爾斯把蓋子洗了洗，然後蓋在染料桶上。

「這下你變成了棕熊，和蒂娜更像了，你就可以對她表白啦。」特德想起了什麼，連忙說。

「哇，特德，這你都想到了。」邁爾斯不好意思的笑了起來，「其實……我也想到了。」

邁爾斯抱著桶子和特德一起往營地走去。一夜沒睡，還跑了那麼遠的路，他們也不感覺到累，因為他們都處在一種興奮狀態之中，想一想，北極熊的團隊馬上就要變成了棕熊團隊，他們甚至還能圍著獵人跳舞，這怎麼不能夠讓他們激動呢，哈恩他們也會激動萬分的。

10 我們都是變色熊

回去的路上他們邊說邊走，抱著塑膠桶跑步非常累人，現在沒人跟著他們，染料也弄到手，沒必要那麼緊張了。

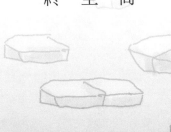

遠處的天空開始微微的泛白了，邁爾斯可以不用借助手電筒的燈光看自己了，一下子變成棕熊，他還有點不太適應，甚至覺得自己的腦袋是放在一隻棕熊身上，不過他知道這種感覺終究慢慢會消失的。

回到駐地的時候，天已經亮了，邁爾斯很遠就看見駐地那邊

夥伴們都在外面，他們似乎在找什麼。

小北極熊戴爾這天起得很早，他想到邁爾斯的洞裡叫邁爾斯出來玩，不過邁爾斯不見了，旁邊洞裡的特德也不見蹤影，這讓大家非常著急，哈恩正安排手下去找尋邁爾斯和特德。

「哈恩，你看，特德回來了。」蓋伊先看到特德，他手一指，「還帶著一隻抱著什麼東西的棕熊來。」

「特德回來了？」哈恩一陣驚喜，他望過去，「怎麼還帶了隻棕熊回來？邁爾斯呢？」

大家連忙迎了上去，邁爾斯故意走在特德後面，他想看看大家能不能認出自己。

「特德，你去哪了？邁爾斯呢？」哈恩走上前，急忙問。

「邁爾斯？」特德笑了起來，「他還沒有回來嗎？」

「沒有呀。」蓋伊說，「真是急死了，他沒有和你在一起嗎？」

「嗨，耳環蓋伊。」邁爾斯走過來，笑著拍拍蓋伊。

「你怎麼知道我是耳環蓋伊？」蓋伊疑惑的看看邁爾斯，他突然一愣，「邁爾斯……你是邁爾斯？」

「真的是邁爾斯。」哈恩走近邁爾斯，驚奇的說。

邁爾斯的神態是遮掩不住的，北極熊夥伴們全都認出邁爾斯，他們驚異邁爾斯的變化，都覺得自己是在做夢。

「我是克拉克，我可不是什麼邁爾斯。」邁爾斯放下手裡的染料桶，模仿著棕熊克拉克的聲音，「你們怎麼了？我的毛可是棕色的，我在『附錄1』，你們在『附錄2』。」

「他不是克拉克，我看他是蒂娜……哈哈哈……」特德在一邊嬉笑起來。

「邁爾斯叔叔，你就是邁爾斯叔叔。」雪麗和戴爾一起撲到邁爾斯的身上，大聲的喊道。

「邁爾斯……你的毛……」哈恩指著邁爾斯身上的毛，緩緩的問。

「變色了。」邁爾斯恢復自己的聲音，「我是一隻變色熊。」

「變色熊？」哈恩不敢相信自己的眼睛，但是不得不信，眼前的邁爾斯昨晚還是一隻白色的北極熊，今天形態沒有變化，但是毛的顏色完全變成棕色，和棕熊們的顏色一模一樣。

「邁爾斯，你是怎麼弄的？」蓋伊摸著邁爾斯身上的毛，大呼小叫起來。

「怎麼弄的？怎麼弄的？」雪麗和戴爾也跟著一起叫道，戴爾還用力的揪邁爾斯的毛，邁爾斯疼得咧著嘴大叫起來。

「啊，我知道了，他去鎮上的美容院，染了頭髮，順便做了皮膚保養，還修了修指甲……」特德瞇著眼睛，嘻嘻哈哈的。

「好了，特德，他們都急死了。」邁爾斯說著把染料桶拿起來，展示給哈恩他們，「實際上我是用這種棕色染料……」

邁爾斯和特德把全部的經過告訴大家，同伴們聽得目瞪口呆，尤其是聽說他們和值班警衛正面遭遇，大家都沒有想到邁

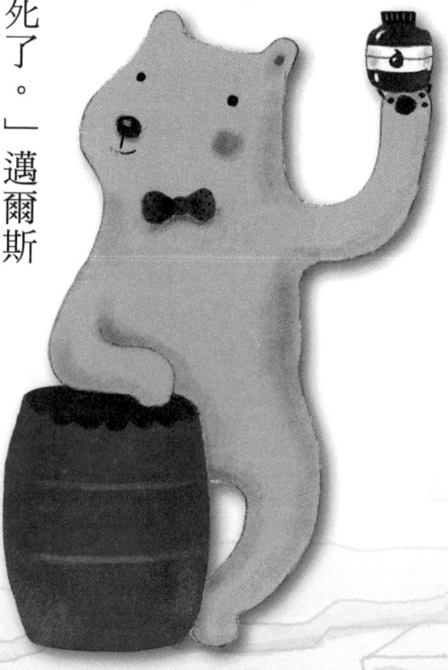

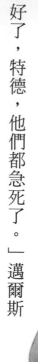

爾斯和特德的膽子居然這麼大。不過大家都很感動，邁爾斯和特德冒風險也是為了團隊安全。

邁爾斯講述的時候，好幾次偷偷觀察著哈恩的表情，因為哈恩嚴禁他們靠近人類，不過哈恩好像沒有生氣，邁爾斯也覺得自己這樣做是為了大家，並不會受到責怪。

他們講述完全部的過程後，現場一陣寂靜，誰都沒有說話。哈恩的表情有些嚴肅，他走到了染料桶旁，看看染料桶。

「你們弄來的就是這個？」哈恩問。

「是……是的。」邁爾斯點點頭。

「邁爾斯，特德。」哈恩的表情極為認真，「我想說，謝謝

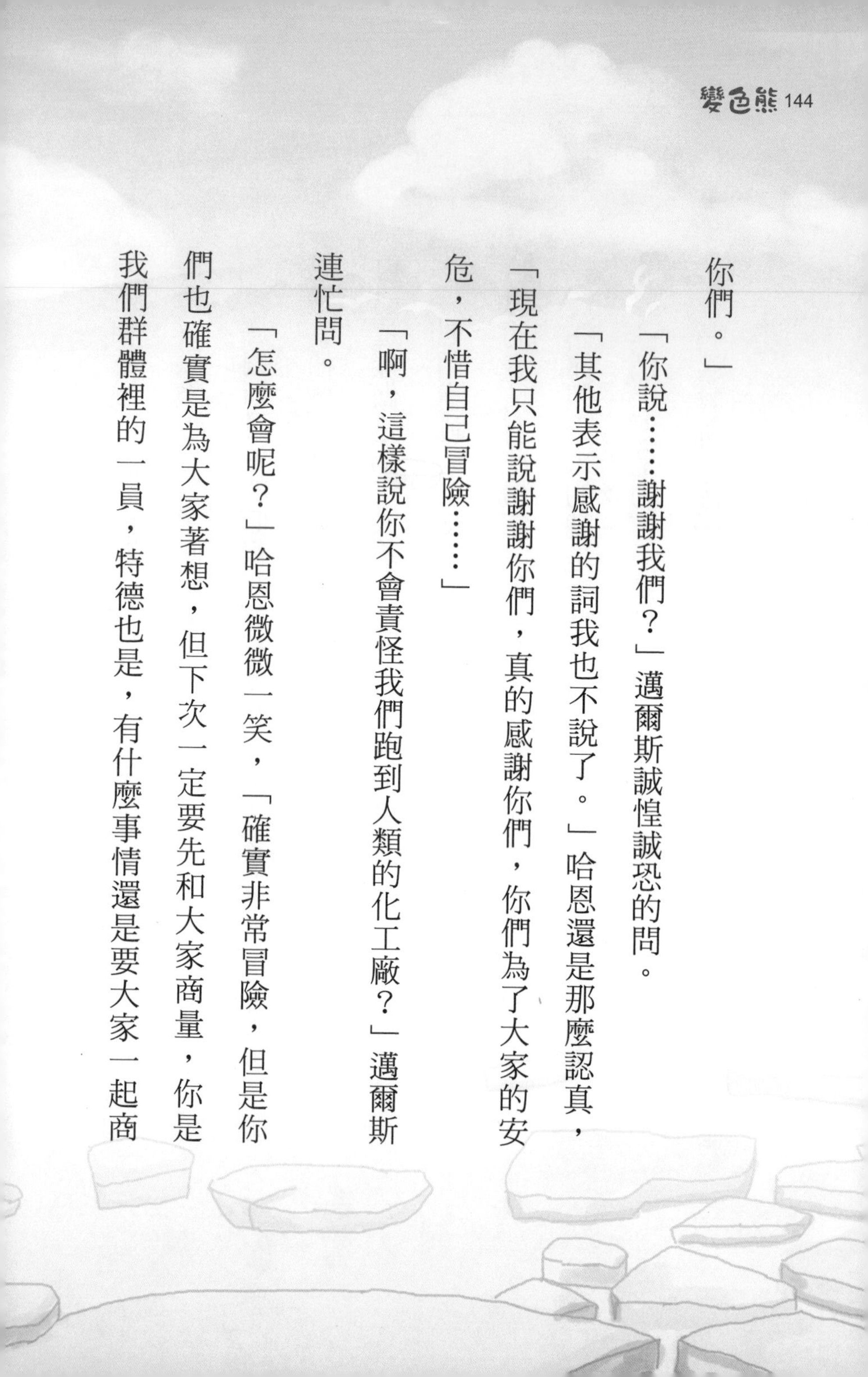

你們。」

「你說……謝謝我們？」邁爾斯誠惶誠恐的問。

「其他表示感謝的詞我也不說了。」哈恩還是那麼認真，「現在我只能說謝謝你們，真的感謝你們，你們為了大家的安危，不惜自己冒險……」

「啊，這樣說你不會責怪我們跑到人類的化工廠？」邁爾斯連忙問。

「怎麼會呢？」哈恩微微一笑，「確實非常冒險，但是你們也確實是為大家著想，但下次一定要先和大家商量，你是我們群體裡的一員，特德也是，有什麼事情還是要大家一起商

量……我看上去那麼不好說話嗎？」

「啊，不是。」邁爾斯搖搖頭。

「絕對不是。」特德跟著說，「我們只是不想麻煩你，這點小事還是我們自己去做吧，是不是？邁爾斯。」

「啊，是，是。」邁爾斯說著低下了頭，「不過……這次我確實怕被阻攔……」

「呵呵。」哈恩拍拍邁爾斯的肩膀，「我知道你的想法……無論如何，這次真的謝謝你，邁爾斯，還有你，特德……」

現場的氣氛頓時活躍了起來，大家齊聲誇讚邁爾斯和特德的聰明與勇敢，他們因此非常得意，尤其是特德，他滿臉笑容——

被誇讚的感覺真的很好。

「嗨，我說，大家不要誇我們了，你們不想馬上變成棕熊嗎？」邁爾斯在誇讚聲中看到了那個染料桶，「我們現在就開始染色，大家都能變成北美棕熊。」

「對呀。」特德說，「還沒有說出來的誇讚話留著過一會再說，我並不著急，你們現在就來染色……」

「耳環蓋伊先來！」

兩隻北極熊把蓋伊推到邁爾斯面前，馬上就要變

成棕熊了，大部分的同伴還不太適應。

「我先來就我先來。」蓋伊滿不在乎的說，「北美棕熊蓋伊就要閃亮登場了。」

「嗨，邁爾斯，不要忘了把他那漂亮的耳環也染成棕色的。」特德在一邊開心的喊道。

蘇珊找來一個大的塑膠桶，這是她撿來的。塑膠桶裡已經盛滿水，邁爾斯按照比例把染料粉末放進桶裡，然後找一根木棍攪拌，塑膠桶裡的水很快就變成棕色。

「各位觀眾，奇妙的時刻就要到來……」特德莊重的說，「現在有請化學家邁爾斯登場，他發明的北極熊變色技術將角逐本年度的諾貝爾化學獎和奧斯卡最佳化妝獎，他將是這兩個獎項最有力的競爭者……」

「噢，特德，下一屆奧斯卡晚會真應該請你去主持。」蘇珊笑著說。

「還是把這個機會讓給人類吧。」特德哈哈大笑起來，「我可離不開你們。」

在哄笑聲中，邁爾斯開始給蓋伊染色，這時，大家都不說話了，全都靜靜的看著邁爾斯的每一個動作。蘇珊找來的塑膠桶很大，不用一次次的去換水，很快，蓋伊就變成了一隻「棕熊」。邁爾斯最後把蓋伊的尾巴染好，大家全都鼓起掌來。

「哈哈，我變棕熊了——」蓋伊上下打量著自己，非常激動。

「謝謝，謝謝大家。」邁爾斯向對自己鼓掌的同伴們彎腰鞠躬，隨後他看看大家，「那麼……下一個……」

「哈恩——哈恩——」幾隻北極熊一起把哈恩推到邁爾斯面前，雪麗和戴爾也在父親身邊跳躍著。

哈恩微笑著在邁爾斯面前趴下，邁爾斯隨即開始在他身上上色，很快，哈恩也變成了一隻大棕熊，他剛剛上完色，其他北極熊們一擁而上，爭著讓邁爾斯給自己上色，雪麗和戴爾擠在大家中間，也要變成小棕熊。

邁爾斯又讓蘇珊找來一個塑膠桶，裡面放了些染料，哈恩用這個桶子裡的染料替還沒上色的北極熊上色。特德馬上開玩笑，要哈恩繳交「專利技術轉讓費」。在一片歡笑聲中，哈恩團隊的北極熊紛紛變色，臨近中午的時候，他們全都變成了「棕熊」。

「北美棕熊」們你看看我，我看看你，都非常激動。從外表看，現在誰都不能區分他們到底是北極熊還是北美棕熊了，他們安全了，他們將自己升級到了「附錄1」。

大家全都變成棕熊後，邁爾斯看看那個裝著染料的塑膠桶，染料還有很多，產品說明上標注了這是「濃縮型」的染料，他們用了不到五分之一的染料。

「哈恩。」大家歡慶的時候，邁爾斯和哈恩在一邊商議，「染料還有很多，應該給萊克他們送去一些。」

「嗯。」哈恩點點頭，他知道還剩下很多染料，「如果萊克的團隊用不完的話，尼莫、威爾森他們的團隊也可以用來變色。」

哈恩想到更多的北極熊夥伴，尼莫和威爾森團隊都是這個區域的北極熊團隊。

「沒問題。如果用完了，我還可以去化工廠弄。」邁爾斯說。

「你可不要擅自行動。」哈恩連忙說。

「我知道。」邁爾斯馬上笑了笑。

「爸爸，我們去抓魚吧。」戴爾跑了過來，「早飯還沒吃

呢，現在都中午。」

「好，去抓魚。」哈恩看看太陽，他們剛才只顧變色，忘記吃飯了。

哈恩集合大家，隨即一起向離斯坦頓鎮不遠的小海灣出發，那裡靠近小鎮，最容易遇上獵人，不過現在他們是受到保護的棕熊，不怕遇到獵人。大家甚至很想遇到獵人，欣賞一下獵人那無奈的表情。

這次行進，哈恩沒有再布置尖兵，因為沒有這個必要。邁爾斯還抱著那桶染料，要是遇上其他北極熊團隊，就把染料給他們，讓他們也能變色。

大家想著去海邊飽餐一頓，很快，他們就來到海邊，距離小海灣不遠，他們聞到棕熊的味道。

「是克拉克他們。」蓋伊指著海灣的方向，「他們真逍遙，天天在這裡抓魚，不過我們今後也可以這樣了。」

大家連忙向海灣奔去。海灣那裡，克拉克看見不遠處來了一群從來沒有見過的棕熊，感到很詫異。

「喂——你們好——你們從哪裡來——」克拉克迎了上去，大聲的打著招呼。

「克拉克，是我們。」哈恩跑上前，興奮的說。

「哈恩？」

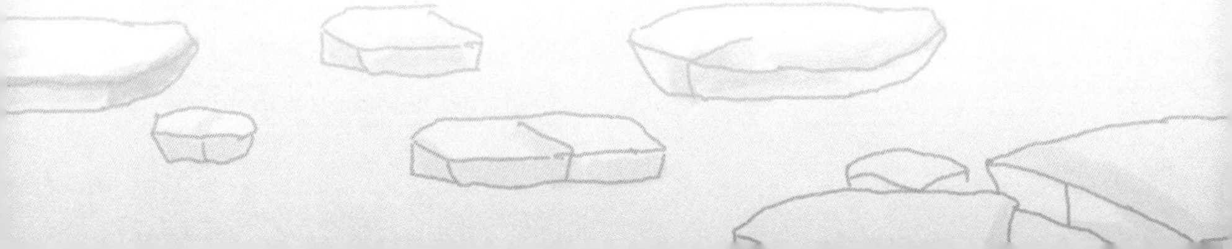

克拉克拉住哈恩的手臂，上下打量著他，另外幾隻棕熊也跑過來，他們在近距離認出了北極熊，棕熊們全都瞪大眼睛，不知道到底發生了什麼。

哈恩把情況告訴克拉克。棕熊們聽說後恍然大悟，他們也為北極熊們感到高興，畢竟棕熊們也不願意自己的同類只因為毛色不同，四處被獵殺。

染色後的北極熊們紛紛跳進水裡，染料還是牢牢的依附在北極熊的毛上，沒有掉色。很快，一條條肥大的魚就被扔上岸，北極熊們大吃起來。無論是遠距離還是近距離觀察，人類都無法分清這裡誰是真正的棕熊誰是北極熊，這裡只有一個很大的北美棕熊團隊。

邁爾斯一連吃了幾條大魚，他靠在沙灘上的一塊石頭上，得意的看著大家，此時他也分不出來哪隻是真的棕熊哪隻是北極熊了。他的身邊傳來打鼾聲，那是特德，他一晚沒睡，現在呼呼大睡起來。

蘇珊和一隻棕熊媽媽躲在一塊岸邊的石頭後面看電視，棕熊們很喜歡那台使用電池的電視機，走到哪裡都能攜帶，隨時打開觀看。

「攔住他——攔住他——」

一個熟悉的聲音傳來，蒂娜帶著兩隻棕熊寶寶和雪麗、戴爾

在沙灘上追逐著小螃蟹，小螃蟹從邁爾斯身邊經過，蒂娜追上來，不過她看都沒有看邁爾斯。

「蒂娜。」邁爾斯連忙跟上蒂娜。

「有什麼事？」蒂娜似乎很不耐煩的問。

「這個……我們變了色，現在我也是棕熊。」邁爾斯笑著說。

「喔，變色了嗎？」蒂娜看看邁爾斯，「確實變了，不過這瞞不了我。」

「確實瞞不了你。」邁爾斯連忙說，「這是……我的主意……」

「喔，看不出。」蒂娜微微笑笑，「我以為你只會惡作劇，沒想到偶爾還會做一些正經事，我是說偶爾……」

「我以後都不會捉弄妳了……」邁爾斯急著說。

正在這時，一輛寬大的敞篷吉普車由遠及近的開來，一個人端著獵槍，站在車裡，正向這邊張望著，看電視的棕熊媽媽連忙關了電視，趴在電視機上。

「獵人來了——」不知哪隻北極熊叫了一聲，所有的北極熊立即四散而逃，邁爾斯也開始向大海那邊跑。

「等一下——」哈恩的聲音傳來，「我們現在是棕熊，不要慌——」

他的聲音立即發生了效用，所有的北極熊都停下腳步，站在原地望著那慢慢駛過來的吉普車。

那輛吉普車在距離大家一百多公尺遠的地方停了下來，端著獵槍的人把身子探出車廂，他手裡的獵槍大家看得非常清楚，邁爾斯的心臟不禁「怦怦」亂跳。

哈恩離那兩個獵人最近，他認出了持槍站著的和開車的人，就是前幾天向他們開槍的獵人。

手持獵槍的那個人向這邊望了望，隨後他拍拍開車的司機，吉普車立即啟動，向西邊開去，很快就消失在大家的視線裡。

「來打我呀——」戴爾說著用屁股對著那輛車，還用力擺了幾下。

「哈——」在場的北極熊和棕熊們都大笑起來。

很明顯，獵人看到這邊只有棕熊而沒有北極熊，開車走了。

邁爾斯的計策果然有效，好幾隻北極熊都圍在邁爾斯身邊，誇讚起來，邁爾斯聽著這些聲音，眼睛尋找著蒂娜，他真想讓蒂娜也聽到這樣的聲音。

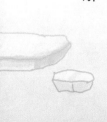

「蓋伊！你剛才不是跳進水裡去了嗎？」一個不滿的聲音傳來，只見特德從蓋伊身下鑽了出來，剛才獵人來的時候，蓋伊把特德死死的包在身體下——獵人看到山豬可能還是會開槍的。

特德鑽出來後做了好幾個深呼吸，「怎麼你身上的味道還是那麼難聞，我差點被熏死……」

「你還抱怨？我可是你的救命恩人。」蓋伊也叫了起來，

「再說我哪裡有味道？」

幾隻熊圍了過去，開起他們的玩笑。邁爾斯也走過去，和特德他們說笑起來。

「快來看電視——」棕熊媽媽的聲音突然傳來。

「邁爾斯——特德——」蘇珊跟著喊道，「有關你們的——」

大家連忙跑了過來，全都圍到電視機前。只見電視裡有個身著制服的人激動的比劃著，幾支麥克風一起伸向他。

「……絕對是一隻北極熊，啊，還有山豬。」那人繼續比畫著，「當時我聽到響聲，就去查看，我和他們面對面，真的，是面對面，當然，我非常勇敢的暈過去了，假如換了你們也一樣……」

「化工廠的值班警衛。」特德看看邁爾斯。

「先安靜聽他說。」邁爾斯指了指電視機。

「請問，他們抱走一桶染料嗎？」一個記者開始提問。

「對，是一桶染料。」警衛說道，「他們一定是餓昏了，把染料當成奶粉。」

「還有少了什麼嗎？」又有一個記者提問。

「其他沒有。」警衛搖搖頭，「損失倒是不大，丟的那桶染料只值三十元，可這不是錢的事，北極熊要是把這裡當成了奶粉廠，以後可怎麼辦？那隻抱走染料的北極熊吃了染料不會來，可其他北極熊呢？所以一定要把北極熊們都從斯坦頓地區趕走，他們威脅了人類的安危……」

「哄——」的一聲，看電視的北極熊和棕熊發出喧譁聲，他們都很不滿這個警衛的話。

「有沒有搞錯？是你們人類拿槍打我們的。」蓋伊用手指點著電視裡的那個警衛，「怎麼還說我們威脅人類的安危。」

「這裡是耶洛奈夫電視一台駐北部記者麗薩的現場報導。」

一名記者轉身面向攝影機，耶洛奈夫是加拿大西北地區的首府，「剛才我們在斯坦頓醫院採訪了一名據稱是受到北極熊驚嚇的工廠值班警衛。根據本台記者的推斷，受到冰層融化加速的影響，北極熊覓食愈來愈困難，他們不得不成群結隊的在人類垃圾場翻找食物，因此誤入人類的工廠，並以為化學染料桶裡有食物，非常有意思的是其中還包括了一隻山豬，我們諮詢過專家，斯坦頓地區從來沒有山豬生活……」

「以前沒有，我來了就有了。」特德大聲的說。

大家開始議論紛紛，邁爾斯感到非常好笑，他可不是去工廠裡找食物的。

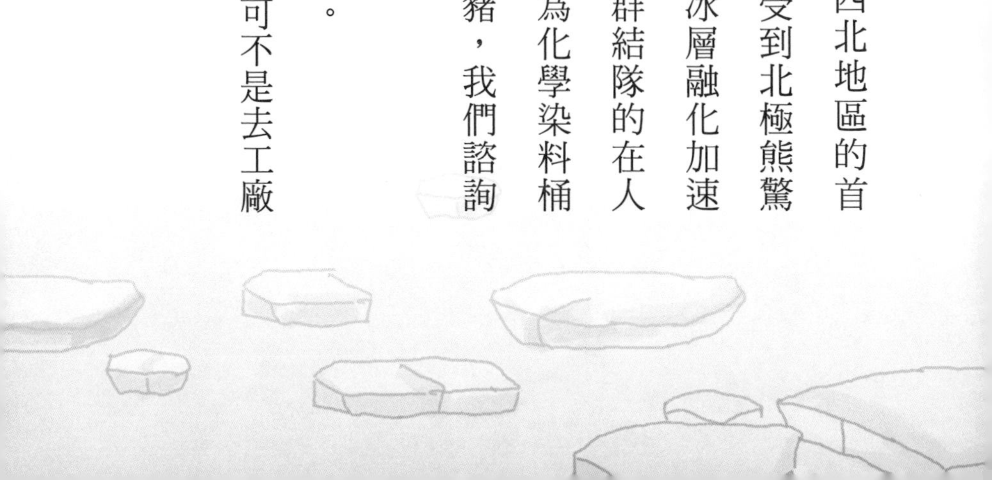

「人類就會亂猜。」蓋伊拍拍邁爾斯的肩膀，「他們自以為很聰明呢。」

「蓋伊，你是這麼認為的嗎？」特德湊了過來，「我們的看法驚人的一致，我倒是要和那個專家談談，讓他親眼看看斯坦頓有山豬，北極山豬……」

11 開車的獵人

就在大家議論的時候，剛才那輛吉普車在距離他們十公里外的一處海灘旁停了下來，獵人比爾拿著槍從車上跳下來，緊接著，開車的獵人艾德蒙也從車上下來。

「真是怪了，一路上一隻北極熊也沒有碰到。」比爾望著海灘，愁眉苦臉的說。

「就是，倒是遇上了棕熊，可是不能打。」艾德蒙很不滿的說。

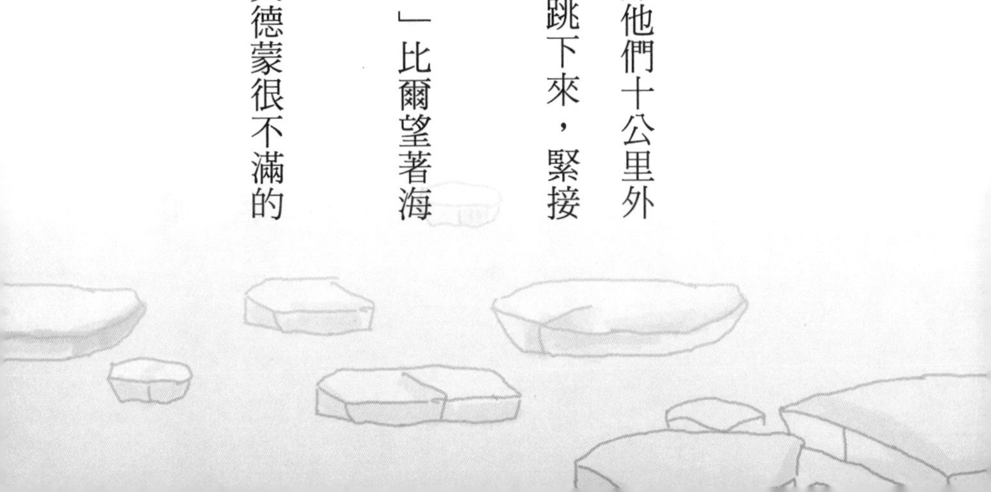

比爾和艾德蒙自從上次襲擊哈恩的團隊未果，回到了斯坦頓鎮上後，他們商量了一下，覺得噴香水後挖洞隱藏的招數不能用了，一是北極熊知道了這個招數，第二就是躲在雪地裡的洞裡實在太冷了。他們最後決定，乾脆租一輛速度快的越野吉普車，在北極熊出沒區域高速行進，以速度逼近北極熊，然後開槍獵殺。

他們很快就租到了一輛車，早上開了出來，不過一直沒有碰到北極熊，他們當然不知道其實已經遇到北極熊了，剛才只是覺得遇到了一群棕熊。

比爾和艾德蒙沿著海岸走了一會，四周靜悄悄的，根本就沒有北極熊的影子，他們懊惱的回到汽車上。

「沿著海岸開。」比爾下令，「我就不信碰不到北極熊。」

艾德蒙發動了汽車，沿著海岸開。這邊的路不是很好開，比爾抓著敞篷吉普車上的護架，身體一顛一顛的。

「嘿，我說，你開穩一些，我的早飯都要被顛出來了。」比爾抱怨起來。

「我知道，可你看看這裡的路……」艾德蒙爭辯道。

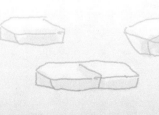

「等一下！」比爾大叫一聲，他的眼睛死死的注視著前方，「北極熊——」

只見前面1公里遠的地方，一群北極熊就在岸邊，那些北極

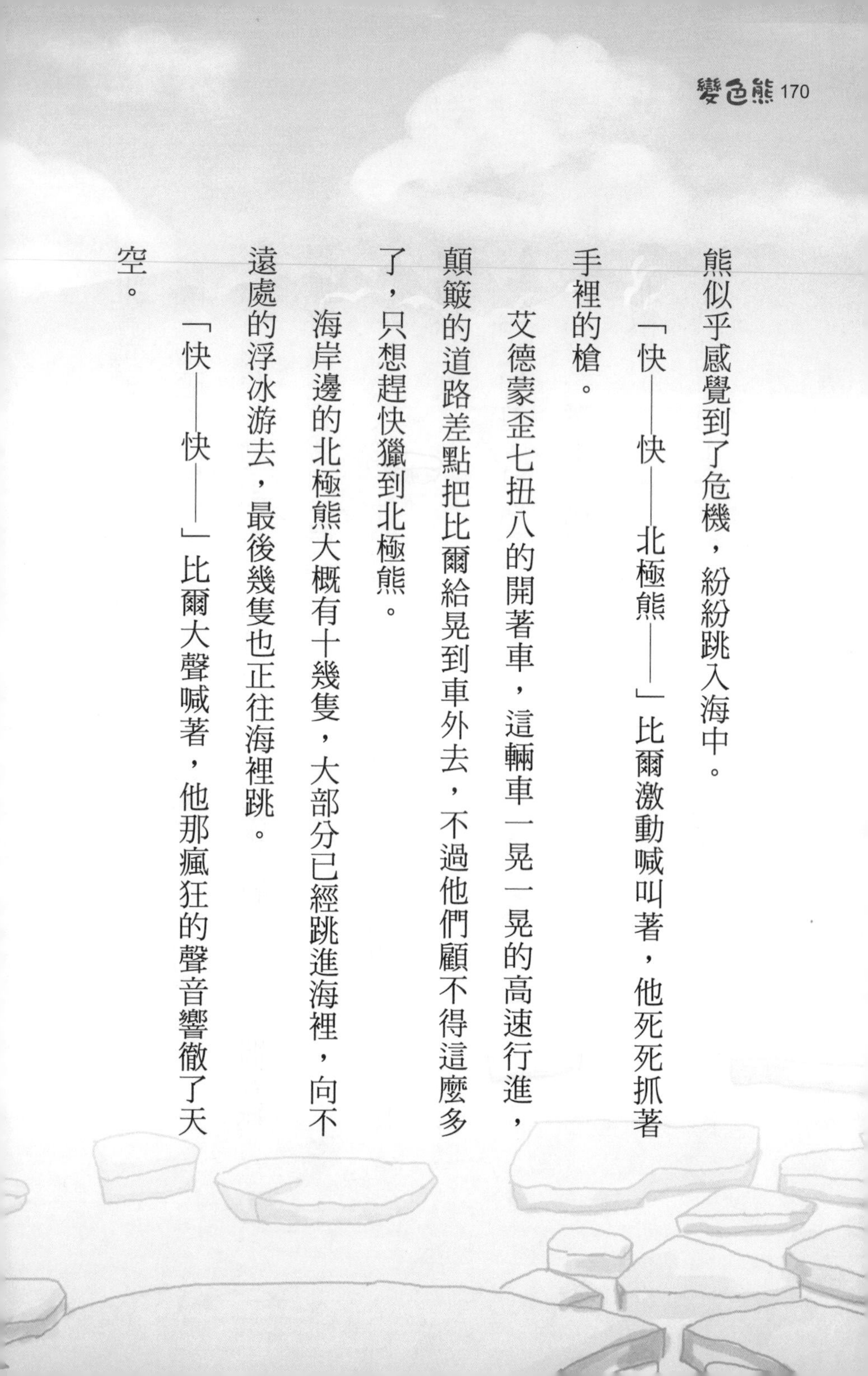

熊似乎感覺到了危機，紛紛跳入海中。

「快——快——北極熊——」比爾激動喊叫著，他死死抓著手裡的槍。

艾德蒙歪七扭八的開著車，這輛車一晃一晃的高速行進，顛簸的道路差點把比爾給晃到車外去，不過他們顧不得這麼多了，只想趕快獵到北極熊。

海岸邊的北極熊大概有十幾隻，大部分已經跳進海裡，向不遠處的浮冰游去，最後幾隻也正往海裡跳。

「快——快——」比爾大聲喊著，他那瘋狂的聲音響徹了天空。

吉普車顛簸著開到了岸邊，車還沒有停下，比爾就從車裡跳了出來。他一下就摔在了地上，吃了一嘴的雪塊。

「呸——」比爾急忙吐出那些雪塊，慌張的爬起來，端著槍衝到岸邊。

最後一隻跳進海裡的北極熊都已經爬到了對面的浮冰上，距離獵人有兩百多米的距離。

「啪——」不甘心的比爾舉槍射擊，清脆的槍聲響徹在岸邊和海面上。

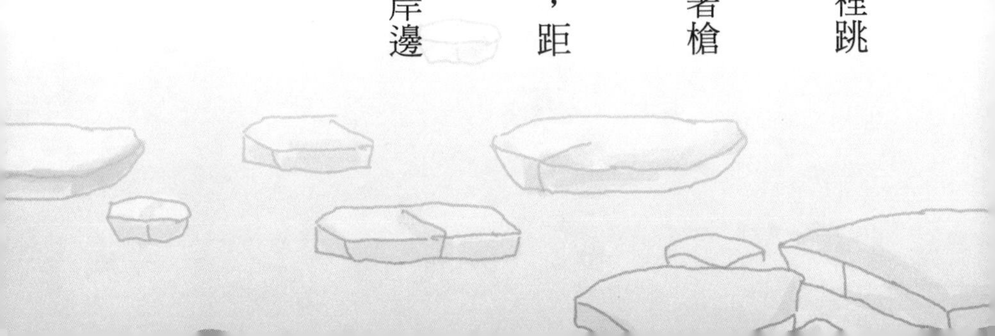

12 保護色

正在電視前議論的邁爾斯他們突然聽到槍聲，全都一驚，現場頓時安靜下來。蘇珊關上了電視機。

「啪——」，又一聲槍聲傳來，那聲音似乎像是打在每個熊族的心上。

一片寂靜，槍聲沒有再傳來。足足過了三分鐘，大家誰都沒說話，他們都屏住呼吸，唯恐又有槍聲傳來。剛才有獵人經過，現在又有槍聲傳來，大家的感覺很不好。

「好像……從那邊傳來的……」特德率先打破沉寂，他指指西面。

「獵人還在找北極熊。」哈恩沉重的說，「我們要去找另外幾個團隊，讓他們馬上染色。這個區域很大，找起來很困難，但是我們一定要努力，現在就開始行動，蓋伊，你去南邊的樹林，邁爾斯，你和特德去西面的海岸……」

哈恩趕緊吩咐，是槍聲提醒了他，他們盡快找到其他北極熊，幫他們上色，變成「附錄1」的棕熊。

克拉克也派出自己團隊中幾隻年輕的棕熊，一起幫助尋找

其他北極熊團隊。這個區域的北極熊團隊生活相對獨立，沒有經常碰面，不過大家都知道對方大致的生活範圍。

整個下午，大家都在尋找另外幾支北極熊團隊，傍晚的時候，哈恩找到了萊克的團隊。找到他們的時候，萊克團隊集體躲在一個小山包後面，驚魂未定，中午遇襲的北極熊就是他們，那兩個獵人看到北極熊跑到了浮冰上，開了兩槍，不過沒有打中他們，他們在浮冰上躲了幾個小時，後來才敢回到陸地上。

尼莫和威爾森等另外幾個團隊也被找到了，所有的北極熊們都聚集在斯坦頓鎮幾十公里外的一條河邊，這次是大規模的北

極熊團隊集合，他們在四周布滿了崗哨。

對於哈恩團隊全變成了棕熊，其他北極熊都感到非常驚奇。哈恩把邁爾斯給大家染色，使北極熊都變成「棕熊」的事告訴了萊克他們，他們恍然大悟。接下來的事情就比較簡單了，幾個小時後，萊克、尼莫、威爾森幾個團隊的北極熊全部變色，成了「棕熊」，他們的興奮程度和昨天哈恩他們一樣，他們都知道自己安全了。

邁爾斯的那桶染料還剩下一些，哈恩告訴大家，如果誰遇到在這個區域單獨

活動的北極熊，馬上要他來哈恩的駐地染色。

哈恩知道斯坦頓地區的北極熊基本上都變成「棕熊」了，零星沒有染色的北極熊，未來幾天也應該能找到。

染色後的北極熊團隊紛紛回到自己的駐地。這個晚上，邁爾斯最高興，比昨天還要高興，他的一個想法就能救大家的命，還有比這更美妙的事情嗎？

邁爾斯抱著那桶染料入睡，他做了一個美夢，夢到世界上所有的北極熊都變成了棕熊，獵人們無法下手，一個個暴跳如雷但毫無辦法，睡夢中的邁爾斯笑了起來，笑得那樣的開心。

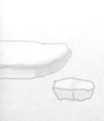

第二天，他們又去了小海灣抓魚，棕熊們也去了。邁爾斯他們現在完全沒了顧忌，走路都大搖大擺的。

這天晚上，來了三隻北極熊，他們是獨自生活的，今天遇到被染色的同伴，知道邁爾斯這邊可以讓他們變成變色熊，於是馬上趕來。邁爾斯馬上替他們染色，他們心滿意足的走了。

接下來兩天，又陸續來了幾隻獨自生活的北極熊，他們也變成「棕熊」。哈恩估計，斯坦頓地區生活著的近百隻北極熊現在都被染色了。

邁爾斯的染色顏料也見底了，這種濃縮型的染色粉末發揮了最大功效，這比把它們塗在其他東西上有意義多了。邁爾斯想，要是再弄上幾桶這樣的染料，那麼生活在西北地方的北極熊都能變成棕熊了，當然，這是一個很大的計畫，哈恩也不會讓他單獨行動的。

這些天，邁爾斯他們兩次聽到了那輛呼嘯著的吉普車的聲音，不過沒看到吉普車，那輛車應該是從附近駛過的。可以想像，車上的獵人看到的都是棕熊，氣都要氣死了，一想到這，邁爾斯就想笑，特德也一樣。

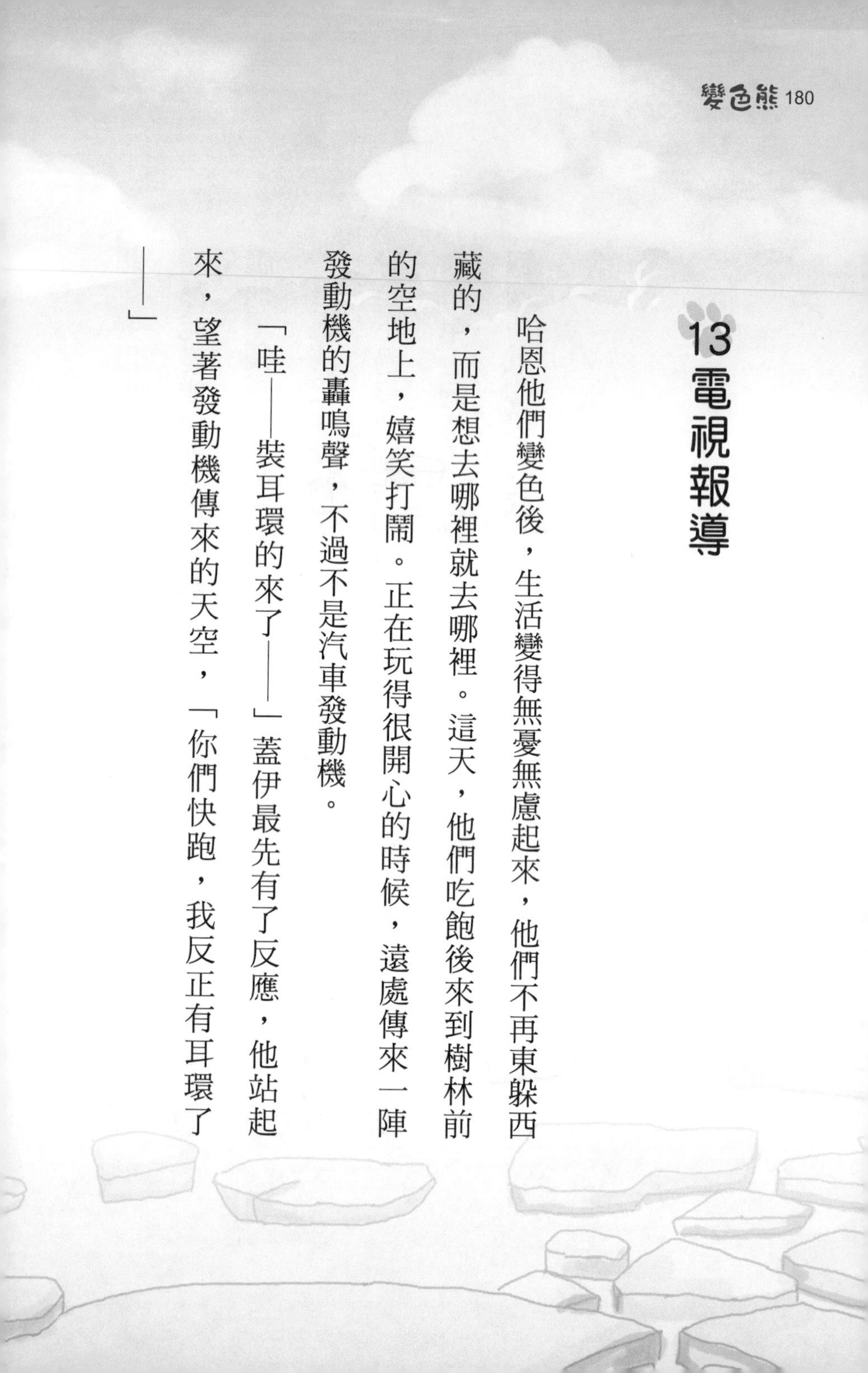

13 電視報導

哈恩他們變色後，生活變得無憂無慮起來，他們不再東躲西藏的，而是想去哪裡就去哪裡。這天，他們吃飽後來到樹林前的空地上，嬉笑打鬧。正在玩得很開心的時候，遠處傳來一陣發動機的轟鳴聲，不過不是汽車發動機。

「哇——裝耳環的來了——」蓋伊最先有了反應，他站起來，望著發動機傳來的天空，「你們快跑，我反正有耳環了——」

「蓋伊。」哈恩制止了蓋伊，然後看看正想四處逃散的同伴，「應該是動物保護組織的飛機，大家不要怕，他們不會傷害我們的。」

大家聽了哈恩的話，他們一起望著直升機飛來的方向。很快，一架直升機飛來，在大家頭上盤旋了半分鐘，隨即飛走了。

「WCS，國際野生生物保護協會。」哈恩念著直升機機身上的字，「沒錯，這是動物保護組織的直升機，昨天遇到萊克，他說這架飛機到他們那裡好幾次了。」

「沒有給他們戴耳環嗎？」蓋伊馬上問。

「沒有。」哈恩說，「蓋伊，我和你說過了，上次給你戴耳環的是動物保護組織的人，他們沒有傷害你，只是幫你戴上耳環，那是在研究我們的生活。萊克、尼莫和威爾森團隊都有北極熊被戴上了耳環，總之是為我們好，剛才那架直升機也是動物保護組織的……」

「噢，開槍殺我們的是人類，保護我們的也是人類。」蓋伊摸摸自己的耳環，「真是搞不懂了。」

「人類和人類也不一樣的。」邁爾斯走到蓋伊身邊，「就像你和我也有不一樣，儘管我們都是北極熊。」

「怎麼不一樣？」蓋伊傻傻的問。

「你有耳環呀，你很美麗呀。」邁爾斯說著指了指蓋伊的耳環，然後抓抓自己的耳朵，「我們都沒有呀，你看蘇珊，她也沒有……」

「哇，你這傢伙，還嘲笑我！」蓋伊衝過去抱住邁爾斯，打鬧起來。

「嗨，蓋伊，我真希望剛才直升機上的人再把你麻醉了，然後再給你戴一隻耳環，這樣你兩隻耳朵都有耳環了。」特德哈哈笑著，「你是最美的北極熊。」

「哇，你這北極豬，不好好在美國，跑來嘲笑我。」蓋伊放開邁爾斯，轉去抓特德。

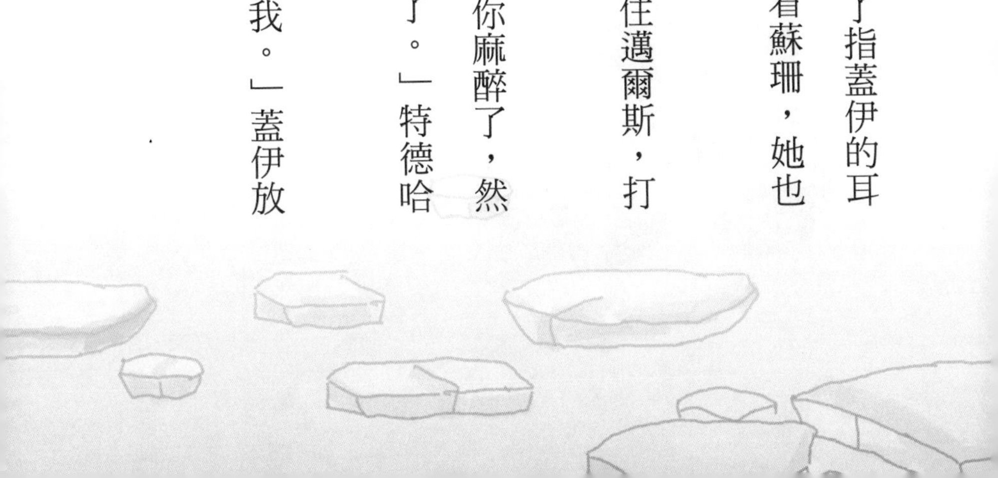

特德連忙躲到哈恩身後，蓋伊怎麼也抓不到。

「耳環蓋伊——耳環蓋伊——」特德一邊跑一邊喊，「世界上最美的北極熊——」

「你這北極豬——」蓋伊繞著圈抓特德，就是抓不到。

哈恩大笑起來，大家也都開心地笑了起來。

「哈恩——哈恩——」

正在大家嬉鬧的時候，一個急促的聲音傳來，只見一隻棕熊跑了過來，他是一隻真正的棕熊，克拉克團隊的。

「我在這——」哈恩向那隻棕熊招招手，「什麼事——」

「快去我們那裡看新聞。」那只棕熊氣喘吁吁的說，「早上有關於北極熊消失的特別報導，有關你們的，過一會兒有詳細報導，克拉克教我來通知你們。」

「有關我們的報導？」哈恩疑惑的望著那隻棕熊。

「具體我也不知道，反正是有關斯坦頓地區北極熊的，克拉克叫我來的……」

「馬上走。」哈恩也不多問了，他向團隊的夥伴招招手，「大家跟我來——」

大家跟著那隻棕熊向克拉克團隊的駐地走去，棕熊們的駐地在森林邊上，大家跑了半個小時，看到了那些棕熊。

「哈恩。」克拉克站在一棵樹下，他正等著北極熊們呢，看到哈恩他們來了，連忙迎上去，「有你們……啊，也算我們的重大新聞……」

「怎麼了？」哈恩喘著氣問，剛才他們很著急，跑得很累。

「是這樣的。」克拉克把哈恩帶到電視機前，電視此時正播送有關墨西哥灣原油的新聞，「早上電視播報了一條新聞，說是根據動物保護組織的觀察，斯坦頓地區的北極熊最近突然消失了，棕熊數量卻增多。人類因此有些緊張，各式各樣的傳聞都有，還有人說既然棕熊數量多了就可以開禁獵殺了……」

「什麼？」哈恩大吃一驚，邁爾斯他們也都瞪大了眼睛，

「他們要開禁獵殺棕熊？」

「那倒沒有。」克拉克連忙說，「是有一個人提議，看上去不像好人……」

「報導開始了——」一直坐在電視機前的蒂娜叫了起來。

大家全都圍在電視機前，電視機太小，大家相互擁擠著，很多隻熊擠不上去，只能在一邊聽。

電視上，只見耶洛奈夫電視台的台標一晃，隨後出現了一位女主持人面對著觀眾，表情嚴肅。

「我是主持人愛麗絲。」那個主持人開始播報，「現在播

報一則新聞——斯坦頓地區生活的北極熊，據來自總部設在紐約的國際野生生物保護協會駐斯坦頓地區動物觀測站的消息，該區域生活的近百隻北極熊忽然全部消失，同時發現該區域棕熊數量增多，具體原因正在調查之中。據悉，國際野生生物保護協會已出動多架次的直升機進行實地觀察，他們的動物專家也已從紐約出發，明天就會到達斯坦頓鎮。此事件已經引起了西北地方政府和民眾的特別關注，警方也開始介入此次事件的調查……」

「哇，這下搞大了。」特德說著看了看邁爾斯。

邁爾斯面無表情的看著電視。

「……現在請看本台記者麗薩從斯坦頓的國際野生生物保護協會觀測站傳來的報導，國際野生生物保護協會簡稱WCS，該組織的使命就是保護野生生物及他們的自然棲息地……」

電視畫面上出現了記者麗薩的身影，她正在一個辦公室裡，身邊有一位看電腦的女士。

「大家好，我是耶洛奈夫電視台的記者麗薩，現在我在WCS駐加拿大西北地區斯坦頓觀測站裡，該站現在非常忙碌，四名觀測員中的三人已經乘坐直升機外出了，我身邊的是該站觀測員維奧拉女士。」麗薩把麥克風伸向維奧拉女士，「維奧拉女士，請妳向電視機前的觀眾介紹一下情況。」

「事情是這樣的。」維奧拉看了看麗薩，隨後看著鏡頭，「幾天前我們進行例行的北極熊活動觀察時，發現斯坦頓地區的北極熊全部都消失了，我們曾將一些耳環安裝在一些北極熊的耳部，但很遺憾，那不是電子跟蹤器。目前我們只能通過目測進行觀測，這次遇到的情況應該說是前所未有的，目前我們已經排除了人為因素，觀測員正積極展開搜尋工作……」

「那麼具體的原因……」

「還不好說，實際上我們也在尋找答案……」

採訪時，維奧拉桌子上的電話響起，她馬上去接電話。

「大家可以看到，維奧拉女士非常忙碌，這裡的電話一直響個不停。」麗薩對著麥克風說，「那麼我們就不再打擾她的工作了……」

電視畫面轉接到了攝影棚，主持人愛麗絲還是嚴肅的看著大家。

「……對於北極熊突然失蹤，我們現在連線多倫多大學生物系的拉爾森教授，看看他有什麼樣的說法。」愛麗絲說著接通了一個電話，「喂，請問是拉爾森教授嗎？」

「是的，我是。」電話裡傳出一個人的聲音，電視的左上角出現了一張照片，上面有一個戴著眼鏡的學者模樣的人，照片下有一行字說明他是拉爾森教授。

「請問拉爾森教授，你認為斯坦頓地區北極熊突然消失的原因何在？」愛麗絲直接問道。

「這個原因似乎很複雜。」拉爾森教授不慌不忙的說，「環境變化也許是一個原因，由於全球變暖，北極圈區域的冰塊融化很快，斯坦頓地區處於這個區域，就直接影響了北極熊的覓食，他們因此會集體性的遷移。不過由於斯坦頓所處的加拿大西北地區面積廣闊，對北極熊的跟蹤觀測比較困難，如果在斯坦頓以外地區出現了那些失蹤的北極熊，那麼就可以證明他們遷移了，不過根據我的了解，目前斯坦頓以外地區並沒有發現那些失蹤的北極熊，所以環境變化引起的北極熊的遷移還不能確定……」

「有人判斷是突然增多的棕熊趕走了北極熊，你對此怎麼看？」

「我不在現場，現在做出判斷比較困難，只能根據報導進行一些推斷。」拉爾森教授依然保持著不快不慢的語速，「報導上稱斯坦頓地區棕熊數量增多，有人因此推斷是棕熊侵犯了北極熊的領地，趕走了北極熊。對此我持否認態度，北美棕熊在體型上不及北極熊，而且這兩種熊類長期以來能夠比較平和的生活在一起，因此棕熊趕走北極熊的可能性不大。」

「那麼你有什麼其他觀點嗎？」

「我不知道那些北極熊是否受到了什麼驚嚇，暫時或永久性的離開了那裡。」拉爾森教授說，「有時候一些人類活動會驚擾到野生生物，人類自己對此卻沒有察覺，以前有個案例，一支科學考察隊在北極圈某個區域埋設的電子設備對那裡所有的動物都產生了影響。我不知道斯坦頓地區是否有類似的情況發生。」

「好，感謝你接受我們的採訪。」主持人看著鏡頭，「北極熊突然消失的消息，也震驚了斯坦頓小鎮，現在請看本台記者麗薩昨天在斯坦頓鎮上的街頭採訪。」

電視裡又出現了麗薩的身影，她手持麥克風走在街上，攔住

一個正在路過的女士。

「請問你對斯坦頓地區北極熊消失的看法？」麗薩問。

「肯定是冰層融化造成的，北極熊的捕食受到了影響。」那位女士很認真，「我先生是維瓦爾化工公司的警衛，他親眼看見北極熊抱走了一桶染料，北極熊一定把染料當奶粉了……」

「哇，他是那警衛的老婆。」特德和邁爾斯對視一下，特德驚叫道。

電視上，麗薩又攔住兩位路過的男子，把麥克風伸向了其中個子瘦高的一位。

「就是他們！」克拉克指著電視激動的說，「早上播過這段新聞，他們要殺棕熊！」

「請問你對北極熊消失的看法？」電視上，麗薩問那男子。

「我嘛……」被採訪的男子眨眨眼睛，「無所謂了，北極熊消失了，可是我看了報紙，說是棕熊數量增多了，這很好，為了控制棕熊的數量，我建議政府修改法案，允許獵殺棕熊，我會向政府提出建議……」

「你為什麼覺得要控制棕熊的數量呢？」

「這個嘛……」那個男子翻翻眼睛。

「這很簡單。」另外一個較胖的男子把嘴對準麥克風，「棕熊數量很少，就受到保護，現在多了，就要被獵殺……」

「這麼說你們一定要獵殺北極熊或者棕熊了？請問你們的職業？」麗薩打斷那個男子的話。

「我們是獵……」瘦高的男子著說。

「我們是旅遊者。」胖男子急忙搶過話，「我們非常熱愛大自然，我們來這裡旅遊……」

「他們就是那兩個獵人。」哈恩認出了被採訪的兩個人，生氣喊道。那兩個人是比爾和艾德蒙。

「我真想把他們從電視裡揪出來扔到海裡去。」邁爾斯緊握著雙拳，眼睛冒火。

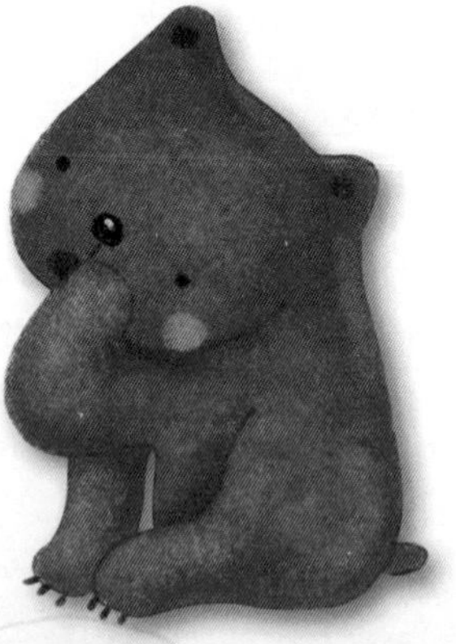

電視機前一片譁然，大家都不看電視節目了，全都議論起來。過了一分鐘，有關北極熊消失的新聞報導結束了，大家議論的更加熱烈了。

「看起來人類還很關心我們呢。」蓋伊叫道，「人類看見我們消失便驚慌失措，我們消失前又頒發給獵人獵熊執照，我真是搞不懂了……」

「哈恩和你說過了。」邁爾斯對蓋伊說，「人類之間也是有分歧的，動物保護協會保護我們，獵人就要殺我們。」

「我討厭獵人。」小熊戴爾在一邊插話道。

「我非常討厭獵人。」雪麗跟著說。

「克拉克，這下我們連累你們了。」邁爾斯想到了什麼，「那個獵人說要去建議獵殺你們，因為你們的數量增多了，其實你們並沒有增多。」

「邁爾斯，不要這樣想。」克拉克說，「你們變色是自我保護，這沒有什麼錯，要是換了我們，也會這樣做的。再說那獵人只是建議，修改狩獵法案可不是那麼容易的。」

「這些傢伙，北極熊多了就殺北極熊，棕熊多了就殺棕熊，他們就是和我們過不去。」蓋伊揮著拳頭，氣呼呼的說。

「我有個主意。」特德大叫起來，「如果他

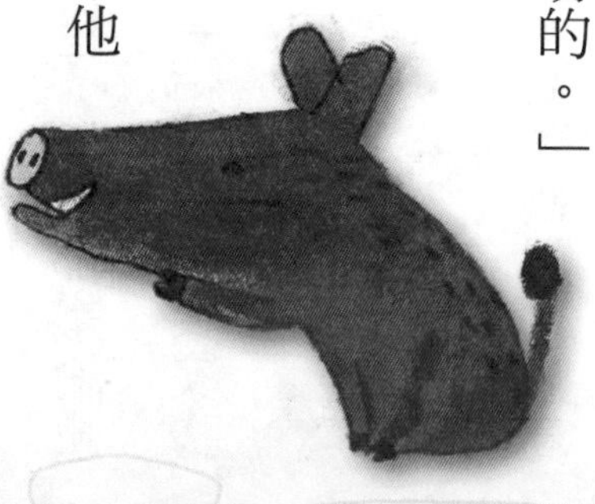

們修改了法案，我們再去弄些白色染料，全部變成北極熊，等他們發現北極熊多了要殺北極熊，我們就染成棕色，大家說我聰明嗎？」

「特德，你可真有想像力。」哈恩苦笑起來。

「那有什麼辦法，為了保命呀。」特德聳聳肩。

正激烈的討論著，遠處傳來吉普車的轟鳴聲，大家全都停止了談論，看著吉普車聲音傳來的方向。

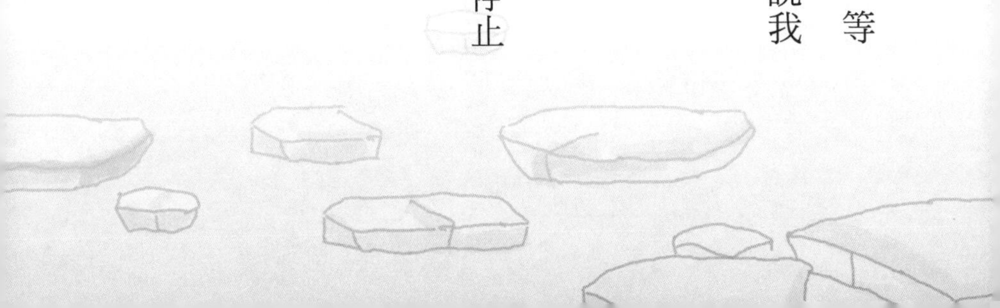

14 邁爾斯中彈

「蒂娜——快——」克拉克提醒蒂娜把電視機收起來。在其他地方遇到人類，棕熊會把電視機壓在身體下，而駐地這裡已經預先挖了一個洞，有人類前來就他們就把電視機藏在裡面。

蒂娜連忙拿起電視機，跑了幾步，把電視機藏在洞裡。剛剛藏好電視機，只見一輛敞篷吉普車在距離蒂娜不到五十公尺的地方停了下來，有個手持獵槍的人從車上跳了下來。

大家都裝作若無其事的樣子，現在北極熊也是棕熊了，受到法律保護，所以根本不用逃跑。

「又是那兩個獵人。」哈恩走近克拉克，低聲說。這兩個獵人正是比爾和艾德蒙，電視台的麗薩昨天採訪的也是他們。

克拉克微微點點頭。在場的熊族都沒有理會這兩個獵人，前幾天他們駕車看到棕熊和染了色的北極熊，隨後就走了。

獵人比爾拿著槍，又向前走了幾步，吉普車上的艾德蒙也從駕駛座上站了起來，他也拿著一支獵槍。

蒂娜距離獵人最近，她一點危機意識也沒有。只見比爾忽然站住，他一下就舉起了槍，槍口對準了蒂娜。

蒂娜看到比爾的舉動，不知道他要幹什麼，自己是受保護的

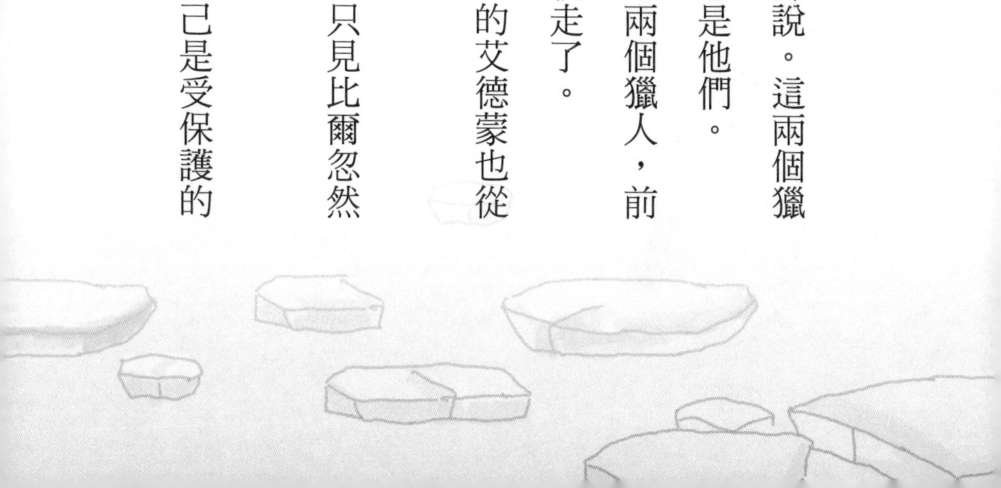

動物，以前獵人看見棕熊最後都走開了，不知今天怎麼舉起了槍。

「蒂娜──」邁爾斯叫了一聲，他意識到了什麼。

蒂娜還是沒有反應過來，她只是有些驚慌的看著那個獵人。

「蒂娜──」邁爾斯大喊一聲，飛身一躍，一把推開蒂娜。

「碰──」的一聲槍響，比爾開槍了。邁爾斯推開蒂娜，自己卻移動到蒂娜剛才的位置上，一發子彈當場就擊中了

邁爾斯，邁爾斯叫都沒有叫出來，一頭倒在地上，鮮血從他的腹部流了出來。

「邁爾斯——」哈恩和克拉克一起衝向邁爾斯，想去救他。

又「碰——」的一槍，一發子彈直接向克拉克射來，艾德蒙也開槍了，子彈打在克拉克的肩膀上，他疼得大叫一聲。

「撤——撤——」哈恩明白了，他知道獵人這次就是來獵熊的，他們似乎沒有什麼顧忌了，他們已經不管棕熊是不是受到保護動物了。

北極熊和棕熊們四散而逃，受傷的克拉克忍住傷痛，一路奔逃，哈恩跑在大家的最後面。

「碰——」，一發子彈貼著哈恩的腦袋飛過，比爾邊追邊開槍，艾德蒙發動了車子，要追殺逃跑的熊族。

「塔塔塔塔——」，正在這時，天空中傳來直升機的轟鳴聲，一架直升機飛了過來，有個人拿著一個擴音喇叭，身子探出機艙，對著地面喊話。

「地面上的人，你們這是偷獵行為，棕熊是禁獵動物，你們馬上收手，我們已經報警了，警方正在趕來——」

直升機在兩個獵人頭頂上盤旋著，上面的人又把剛才的話重複了一遍。兩個獵人聽說員警正在趕來，慌裡慌張的爬上吉普車，開車逃跑了。

直升機追蹤了吉普車一會，把他們的方位通知了警方，隨後，直升機快速返回，在邁爾斯躺著的地方懸停下來。

哈恩和克拉克他們全都聽到了直升機上的喊話，也知道獵人逃跑了，他們全都藏在樹後，遠遠的看著邁爾斯。

邁爾斯一動也不動的躺在原地，身旁全是流出來的血。

「邁爾斯……」蒂娜忍不住哭了起來。

「蒂娜，沒關係，人類會幫他的，那是WCS的直升機。」克拉克捂著肩膀，安慰道。

只見空中的直升機慢慢的降落下來，兩個人類從上面走下來，他們小心翼翼的走到邁爾斯身邊，觀察了一會兒，隨後，

兩人全部蹲下，查看邁爾斯的傷口。一個人快速返回直升機，拿了些藥物後再次來到邁爾斯身邊，開始做緊急處理。

就在那兩個人救助邁爾斯的時候，直升機駕駛走出飛機，他手裡拿著一張網，來到邁爾斯身邊。緊急處理結束後，他們吃力的把邁爾斯固定好，邁爾斯受了重傷，此時完全失去了知覺。三個人把邁爾斯網住後，駕駛把網子的一頭繫在直升機下方。隨後，三人全都上了直升機。

「塔塔塔塔——」直升機的轟鳴聲再次響起，隨後慢慢的升空，直升機吊起邁爾斯後，向不遠處的斯坦頓鎮飛去。

「沒關係的，沒關係的。」克拉克望著遠去的直升機，繼續安慰蒂娜，「他們會幫助邁爾斯的……」

直升機上「WCS」幾個字母在陽光的照射下，非常清晰。直升機愈飛愈遠，最後完全消失在天空中。

邁爾斯醒來的時候，看見自己身上插滿管子，還帶著一個面罩，他隱約看到身邊有些人在走動。

邁爾斯不知道發生了什麼，他只記得自己剛才好像在什麼地方，身邊有哈恩，有克拉克，有特德，還有蒂娜，後來他聽到了槍聲，然後就什麼都不記得了。

邁爾斯努力的想要記起什麼，但是他感到一陣暈眩，又昏迷過去，什麼都不知道了。

15 斯潘塞的話

直升機飛走以後，大家沒回棕熊的駐地，反而全部撤到了森林裡，還加派了崗哨，現在有獵人向棕熊開槍了，無論是北極熊還是棕熊，大家全都很緊張。

蒂娜一直開著電視，她知道剛才的事情在人類那裡是一個新聞，她希望能藉由電視報導看到邁爾斯的消息。

「他們居然向棕熊開槍。」特德對克拉克和哈恩說，「難道他們這麼快就修改了法律？」

「不太可能。」克拉克的肩膀受傷，血已經止住了，只是覺得手臂活動受到些影響，「直升機上的人也說了，獵人是偷獵，也就是說他們違反了人類法律，那兩個傢伙真是瘋了！」

「對，這應該是個別案例。」哈恩跟著說。

「不知道邁爾斯怎麼樣了？」特德說著憂鬱起來，他往蒂娜那邊看了看，「蒂娜真是可憐。」

蒂娜自從來到森林後，一直不說話，只是坐在電視機前看著電視。

風，從這憂鬱的森林經過，它掠過樹梢，稍稍搖晃著樹枝，隨後走遠了。森林裡的北極熊和棕熊全都變得很沉默，他們都在想著邁爾斯，想著剛才發生的事。

傍晚的時候，斯坦頓鎮電視台率先播出新聞，一起看電視的蘇珊喊了一聲，所有的熊都圍了過來。

「……幾小時前本鎮郊外發生了一起偷獵北美棕熊的案件，目前兩名偷獵者已經被警方逮捕，據悉，他們是在逃離犯案現場的時候被捕，現在我們就請鎮警察局的詹姆斯警長談談當時的情況……」

「我們接到報案，說是有人在森林裡偷獵北美棕熊。」詹姆斯警長說，「於是火速趕往案發地點。在一條公路上，我們截獲了企圖駕車逃跑的偷獵者，他們是兩名三十歲左右的男子。

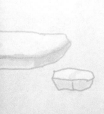

根據初步的審訊，偷獵的原因是他們花了很多錢辦了捕獵北極熊的執照，還租了汽車，結果斯坦頓鎮的北極熊消失了，他們身無分文，就決定不顧法律向棕熊下手，因為棕熊毛皮也值錢，為了錢，這些偷獵者什麼都會做。」

「以上就是我們對詹姆斯警長的採訪。謝謝你，警長先生。」記者對警長道謝，隨後走向電視台的汽車，「現在我們去鎮醫院，那裡正在救治被偷獵者開槍擊中的棕熊，據悉，受傷的棕熊傷勢嚴重……」

「邁爾斯……」蒂娜看著電視，淚水流了下來。

斯坦頓鎮不大，汽車很快就開到了鎮醫院。在醫院的門口，一位醫生模樣的人已經站在了那裡，記者跳下汽車後，連忙走了過去。

「請問你是約克醫生嗎？我是斯坦頓鎮電視台的記者，我們的導播剛才聯繫了你……」

「我是約克醫生。」那個醫生點點頭，「我負責救治受傷的棕熊。」

「請問受傷的棕熊的情況怎麼樣了？」

「不太樂觀。」約克醫生搖搖頭，「子彈從牠的腹部穿過，傷到了臟器，失血過多，還沒有度過危險期，我們正在全力搶救……」

看電視的熊們全都非常緊張，不僅是蒂娜，蘇珊和另外幾隻熊也哭了起來。

「……另外，還有一件事。」約克醫生頓了頓，「這隻熊是WCS的人送來治療，根據他們的分析，這似乎不是一隻北美棕熊，從體態來說，更像是一隻北極熊，我們正對這隻熊進行種類分析，當然，現在這不是最重要的……」

「你是說受傷的棕熊更像是北極熊？」記者也感到很詫異，「可牠的毛是棕色的，鎮上有很多人看見直升機送來一隻大棕熊。」

「確實是這樣，這也是我們費解的地方。」約克醫生聳聳肩，「這點還要分析報告出來後再確認，現在我們的工作是全力救治他的傷。」

「謝謝你接受採訪。」記者說著把麥克風轉向自己，「各位觀眾，有關受傷棕熊的報導我們會繼續跟進，請大家注意收看我們的節目。」

採訪結束了。看到那幾個哭泣的同伴，再看看那些臉色陰沉的同伴，哈恩和克拉克對視一下，隨後，哈恩對大家擺擺手。

「放心吧，人類醫生很厲害的，邁爾斯一定會被搶救成功的。」

「對，邁爾斯受傷後很快就被WCS的人救走了，也就是說搶救很及時，我們應當相信人類的技術。」克拉克跟著說。

「可那醫生說情況不樂觀呢。」特德小聲的說。

「醫生嘛，說話都有保留。」克拉克眨眨眼睛，「大家要相信人類的技術，他們把鐵塊拼在一起，取個名字叫飛機，然後這些鐵塊就在天上飛來飛去，別說救一隻受傷的熊了。」

「那……倒是。」特德微微點點頭，他又想起了什麼，「啊，他們察覺出邁爾斯不是棕熊，萬一知道邁爾斯是北極熊，不會不管吧，那個什麼『附錄1』沒說北極熊受傷不救助吧？」

「那是不會的。」哈恩搖搖頭，「以前有北極熊受傷，只要被人類發現，都會治療的，斯坦頓醫院和WCS都醫治過受傷的北極熊，關於這一點，我們還是很感謝人類。」

蒂娜情緒稍微好了一些，不過她現在根本沒辦法去考慮邁爾斯是否會被識破身分，她一心只想著邁爾斯能馬上康復。

由於急著想知道邁爾斯的情況，北極熊們沒有回到自己的駐地，而是住進了森林，和棕熊們在一起。第二天早上，蒂娜早早打開電視機，各個新聞台全是有關邁爾斯的報導，這可把大家嚇了一跳，至於原因，也很簡單，人類根據全面分析，查出邁爾斯是一隻實實在在的北極熊，他的毛髮是棕色染料染色的結果。而且人類一下子就聯想到前些天有隻北極熊從化工廠抱走一桶棕色染色劑——情況很明顯的，受傷的北極熊是被染色的，斯坦頓地區的北極熊應該沒有失蹤，他們都自行染了色。

哈恩他們覺得人類的大腦真聰明，他們的推斷完全正確。電視台的主持人此時在大力誇讚斯坦頓地區的北極熊非常聰明，居然能想到用染色的辦法使自己變色，變色的原因可能是北極熊們在長久的生活中發現北美棕熊從來不遭到獵殺，於是把自己的顏色也染成了棕色。

「他們也不談一下邁爾斯的身體。」特德在電視機前急得跳腳，「總是誇讚北極熊聰明有什麼用。」

突然，電視上出現了邁爾斯接受治療的畫面，大家全都屏住了呼吸。

「據悉，受傷的北極熊——現在醫生們都親切的叫他維尼，他的傷勢依然嚴重，一直處於昏迷狀態……」電視裡的主持人說道。

「怎麼還處於昏迷之中？」特德激動的叫了起來，「只顧著檢測毛髮，只顧著辨認身分，就是不好好治療邁爾斯。」

「特德，人類一定會積極搶救邁爾斯的。」哈恩看了看特德，他的手偷偷指向蒂娜和蘇珊，她們一直愁眉苦臉的，剛才聽到主持人和特德的話，更加發愁了。

「啊……啊……會好的。」特德連忙改口，「對了，邁爾斯不叫維尼，邁爾斯就是邁爾斯……」

「人們非常關心受傷的北極熊，現在，祝福打氣的電話紛紛打進斯坦頓鎮醫院，大家都在祝福這只聰明的北極熊。」電視裡的主持人繼續說，「現在我們把鏡頭切換到聯邦議會，參議員斯潘塞先生正在發表聲明，斯潘塞先生一直致力於野生動物的保護……」

只見電視畫面很快就切換到一間大房間，房間裡都是記者，他們包圍著一名中年男子，電視下方打出了字幕——聯邦參議員，斯潘塞。

「我們每一個人！你！我！都要為這件事負責！」斯潘塞參

議員憤怒的指著電視鏡頭，「是誰逼迫北極熊改變了自己的顏色？是你我的不作為！北極熊和我們一樣，也有家庭、朋友，也有自己的生活，他漫步在浮冰上和你我漫步在街頭沒有區別，但是他要面臨人類的獵殺，如果有個什麼東西時刻威脅著你的生命，你會怎麼想？斯坦頓鎮的那些為了生存而染色的北極熊已經展開了自救，所有的人類都要為此感到羞愧，為了一張熊皮而毀掉一個生命，是什麼使我們變得這麼殘忍？是什麼使我們對仍在北極地區存在的獵殺北極熊行為無動於衷？我真的希望大家好好的想一想！」

「哇，說得太好了——」特德不禁叫了起來。

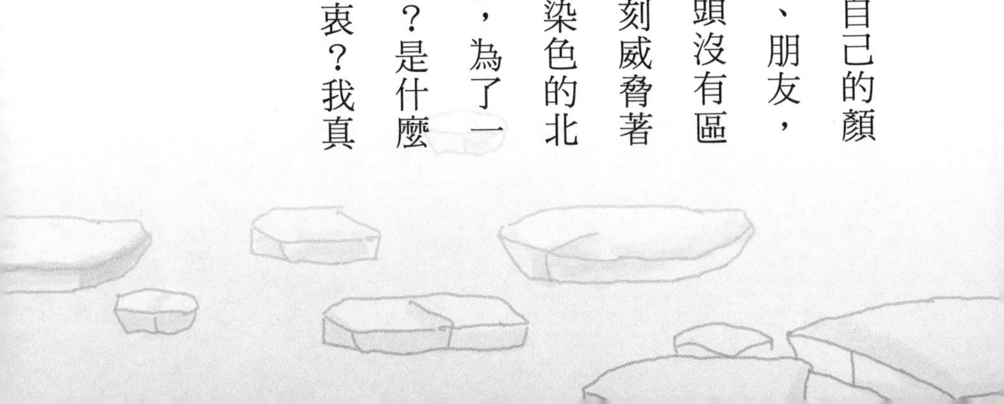

「噓！聽他說下去。」哈恩連忙說。

「多少物種在人類的槍口下滅絕了，難道我們還不知道嗎？難道我們要等到只剩下一隻北極熊才會說，『喔，怎麼會這麼少？』。人類非要等到野生動物全部滅絕才醒悟嗎？那樣就太晚了！那樣人類的滅亡也不遠了！」斯潘塞參議員繼續情緒激動的發表演說，「我會馬上向議會提案——在北極圈附近設立保護區，嚴禁獵殺北極熊。這是一個緊急的立法提案，當然，這也需要一個過程。現在我只能請求，北極地區的公民，請行動起來，制止仍然存在的獵殺北極熊的行為，至於我，在提案後會前往北極地區，規勸我所遇到的每一個擁有獵熊執照的人，我只能做這麼多，我的力量很小，但是我會盡最大努力去做……」

「啪——啪——嘩——」現場，先是零星響起幾聲掌聲，隨後，掌聲響成一片。

「好——好——」電視機前的北極熊和棕熊們全都熱淚盈眶

的站立起來，電視機前的掌聲也響成一片。

就在現場記者的掌聲中，電視機下飛過一行字幕——「本台剛剛收到消息，在斯坦頓鎮醫院接受救治的受傷北極熊生命垂危，一組動物救治專家正從多倫多火速趕往斯坦頓鎮……」

「邁爾斯——」看到這行字幕，蒂娜一下就哭了出來。

哭聲沿著蒂娜身後的大樹，一直傳到空中。

16 尾聲

一個月後，所有的北極熊和棕熊們都在森林邊，森林裡靜悄悄的，大家都向遠方張望著。

「會不會來呀？怎麼還不來呀？」特德焦急的問身邊的蓋伊。

「電視上說了，今天把邁爾斯放歸自然，你就放心吧。」

「來了——」哈恩叫了一聲。

只見遠方一陣汽車轟鳴聲，十幾輛汽車一字排開，一起向森林這邊開來，大家緊張的向汽車開來的地方張望著。

「就在第一輛車上，車上有個大籠子。」小北極熊戴爾說道，他被爸爸舉到了頭頂上。

「我也看見了。」雪麗跟著說，她在媽媽的頭頂上。

一輛大卡車開到公路盡頭，停了下來，卡車後面的那些車輛也都停了下來。十幾個人走到卡車旁，把籠子抬下來，一些記者在旁邊拍照攝影，參議員斯潘塞先生也站在一邊，靜靜的看著籠子裡的邁爾斯。

籠子的門被打開了，邁爾斯慢慢走出籠子。外面的陽光很是柔和，他低頭看看自己的肚子，上面的傷口已經癒合了。邁爾斯忽然回頭看看籠子，籠子裡有一隻這些天一直陪伴著自己的玩具熊，他走到籠子前，抓起那隻玩具熊。

「……喔，我們看到維尼臨走的時候還不忘了拿那個玩具熊。」記者麗薩做著現場的報導，「他要送給誰呢？送給自己的心上人嗎？」

邁爾斯把玩具熊抓在手裡，看看身後的人，那些人他幾乎都認識，有給他治療的醫生，餵他食物的護士，給他拍照的記者，還有經常來看他的人。

邁爾斯向那些人點點頭，那些人都在向他揮手。邁爾斯一轉身，向森林那邊跑去，他聞到了同伴的味道。

跑了有幾百公尺，邁爾斯進了樹林，剛進樹林，夥伴們全都迎了出來，最先出來的是哈恩。

「歡迎回家。」哈恩說。

「謝謝。」邁爾斯說。

他們緊緊的抱在了一起。

「邁爾斯，可把我嚇壞了，一個月前人類說你不行了。」

蓋伊走過來，和邁爾斯抱在一起。

「沒事，我沒事。」邁爾斯笑著說，「看看，我不是很好嗎？」

「邁爾斯，還有我……」特德走過來和邁爾斯擁抱，「告訴你個好消息，電視上說人類正在立法保護北極圈的北極熊，等你們現在的毛褪了，可以不用再變色了……」

「這真是太好了。」邁爾斯高興的說。

「邁爾斯叔叔，我們好想你喔！」雪麗和戴爾一起撲了上

來。

「我也想你們。」邁爾斯摸摸兩隻小熊的頭。

「嗨，嗨，孩子們，到我這來。」特德拉過來兩隻小熊，「主角來了。」

這時，蒂娜拿著一束花，微笑著走到邁爾斯面前。

「邁爾斯，這給你。」蒂娜把花遞給邁爾斯，「謝謝你救了我，謝謝……」

「喔，沒什麼。」邁爾斯把手裡的玩具熊遞給蒂娜，

「啊……這個給妳，他們把這叫維尼熊，事實上他們也叫我維尼。」

「噢，好漂亮的玩具熊呀。」蒂娜接過玩具熊，笑得瞇起了眼，「裡面不會跳出個什麼小蟲小蛇嚇我一跳吧？」

「不會！」邁爾斯連忙擺著手說。

「和你開玩笑呢。」蒂娜哈哈大笑起來。

「和你開玩笑呢。」特德走過來，用身子擠擠邁爾斯，學

著蒂娜說話的聲音。

「和你開玩笑呢。」蓋伊也走過來，他推推邁爾斯，也學著蒂娜的聲音。

森林裡傳出一片笑聲，這笑聲一直傳到了天空中，這笑聲一直傳了很遠，很遠。

國家圖書館出版品預行編目資料

變色熊／關景峰作；阿Wi繪. --初版 . --台北市：幼獅, 2014.01
面； 公分. --（故事館；16）

ISBN 978-957-574-937-8（平裝）

859.6 102023120

・故事館016・
變色熊

作　　者＝關景峰
繪　　圖＝阿Wi
出 版 者＝幼獅文化事業股份有限公司
發 行 人＝李鍾桂
總 經 理＝王華金
總 編 輯＝劉淑華
主　　編＝林泊瑜
編　　輯＝周雅娣
美術編輯＝游巧鈴
總 公 司＝10045台北市重慶南路1段66-1號3樓
電　　話＝(02)2311-2832
傳　　真＝(02)2311-5368
郵政劃撥＝00033368

門市
・松江展示中心：10422台北市松江路219號
電話：(02)2502-5858轉734　傳真：(02)2503-6601
・苗栗育達店：36143苗栗縣造橋鄉談文村學府路168號（育達科技大學內）
電話：(037)652-191　傳真：(037)652-251

印　刷＝祥新印刷股份有限公司
定　價＝250元
港　幣＝83元
初　版＝2014.01
書　號＝987219

幼獅樂讀網
http://www.youth.com.tw
e-mail:customer@youth.com.tw

行政院新聞局核准登記證局版台業字第0143號

幼獅文化公司／讀者服務卡／

感謝您購買幼獅公司出版的好書！
為提升服務品質與出版更優質的圖書，敬請撥冗填寫後（免貼郵票）擲寄本公司，或傳真（傳真電話02-23115368），我們將參考您的意見、分享您的觀點，出版更多的好書。並不定期提供您相關書訊、活動、特惠專案等。謝謝！

基本資料

姓名：……………………先生／小姐

婚姻狀況：□已婚 □未婚　職業：□學生 □公教 □上班族 □家管 □其他

出生：民國……………年……………月……………日

電話：（公）……………（宅）……………（手機）……………

e-mail：……………………

聯絡地址：……………………

1.您所購買的書名：**變色熊**

2.您通常以何種方式購書?：□1.書店買書 □2.網路購書 □3.傳真訂購 □4.郵局劃撥
（可複選）□5.幼獅門市 □6.團體訂購 □7.其他

3.您是否曾買過幼獅其他出版品：□是，□1.圖書 □2.幼獅文藝 □3.幼獅少年
□否

4.您從何處得知本書訊息：□1.師長介紹 □2.朋友介紹 □3.幼獅少年雜誌
（可複選）□4.幼獅文藝雜誌 □5.報章雜誌書評介紹……………報
□6.DM傳單、海報 □7.書店 □8.廣播(　　　　)
□9.電子報、edm □10.其他……………

5.您喜歡本書的原因：□1.作者 □2.書名 □3.內容 □4.封面設計 □5.其他

6.您不喜歡本書的原因：□1.作者 □2.書名 □3.內容 □4.封面設計 □5.其他

7.您希望得知的出版訊息：□1.青少年讀物 □2.兒童讀物 □3.親子叢書
□4.教師充電系列 □5.其他

8.您覺得本書的價格：□1.偏高 □2.合理 □3.偏低

9.讀完本書後您覺得：□1.很有收穫 □2.有收穫 □3.收穫不多 □4.沒收穫

10.敬請推薦親友，共同加入我們的閱讀計畫，我們將適時寄送相關書訊，以豐富書香與心靈的空間：

(1)姓名……………e-mail……………電話……………

(2)姓名……………e-mail……………電話……………

(3)姓名……………e-mail……………電話……………

11.您對本書或本公司的建議：

廣　告　回　信
台北郵局登記證
台北廣字第942號

請直接投郵　免貼郵票

10045　台北市重慶南路一段66-1號3樓

幼獅文化事業股份有限公司

請沿虛線對折寄回

客服專線：02-23112832分機208　傳真：02-23115368

e-mail：customer@youth.com.tw

幼獅樂讀網http：//www.youth.com.tw